1
佐遊樹
Illust. 柴乃櫂人
かませ役から始まる
転生勇者のセカンドライフ
～主人公の追放をやり遂げたら続編主人公を育てることになりました～

クユミ・ランガン
常に余裕を崩さず相手を
揶揄《からか》うメスガキ。
暗殺スキルの高さには
ハルートも舌を巻く。
ハルート
勇者の血を受け継ぐ
最強の冒険者。
現在は冒険者を引退
して学校の教師に。

シャロン・ピール
気だるげダウナー系の魔法使い。
規格外の魔力量を誇るが、その
制御は苦手。
エリン・ソードエックス
キラキラのギャルながら、剣の天才。
その実は『続編ゲーム』の主人公。

「センセっ、見てた、
あたしの勝ちだよ！」

1
佐遊樹
Illust. 柴乃櫂人
かませ役から始まる
転生勇者のセカンドライフ
～主人公の追放をやり遂げたら続編主人公を育てることになりました～

CONTENTS

第一章　セカンドライフの到来と破綻

「お前をこのパーティから追放すりゅ……追放する！」

リーダーの言葉に、パーティのヒーラーを務めていた少女マリーメイアは目を見開いた。

王都にほど近い地点で朝を迎え、野営の撤収作業が終わった時のことだった。

「ハルートさん、今、なんて……」

「この俺のパーティにお前など要《い》らんと言ったんだ。荷物はまとめておいた、今すぐ出て行け」

椅子にふんぞり返ってマリーメイアを睥睨《へいげい》する男、その名はハルート。

最強と名高いこのパーティを率いる彼は、太古に世界を救ったという勇者の子孫でもあった。

「ハルート、いいの？」

「ククッ、構わんさ……俺たちが更なる高みへと向かうためには、この女が、じゃ、邪魔だ」

パーティメンバーである魔法使いの問いかけに、ハルートは唇をつり上げる。よく見ればその顔は引きつる寸前、絶望的に下手な演技だったのだが、幸いにもマリーメイアには気取《けど》られていないらしい。

「そ、そんな！　私をスカウトして、ここまで一緒に連れてきてくれたのは、ハルートさんじゃないですか……！」

目に涙を浮かべてマリーメイアは叫ぶ。

しかしハルートは面倒くさそうな表情で顔を背けた。そろそろ顔面のコントロールが利かなくなってきたから、ボロを出さないようにしているのだとマリーメイア以外の全員が気づいた。

「ただの町娘にしておくには惜しい才能があると思った。実際にそこそこ働いてくれた。しかし、期待外れだったな。お前じゃねえヒーラーを入れた方が、俺たちは楽ができる」

「でも……私、頑張って……」

「うるせえな、お、俺が消えろって言ってんだから消えろよ。お前がいなくなったら俺は欲望とエロスの限りを尽くす予定なんだよ」

ハルートは仲間の一人である女騎士の腰に腕を回した。

女騎士は少し頬を赤らめてそれを受け入れる。ハルートは激しく舌打ちをして腕をひっこめた。

「クソ、そうじゃねんだよ。もっと悪いやつの雰囲気でさあ……」

一人で小さくぶつぶつ言い始めたハルートだったが、直後にギョッとする。

彼の正面で、ついにマリーメイアが涙をこぼし始めたのだ。

「これから、どうしろっていうんですか……」

「…………」

「あの、ハ、ハルートさん……？」

「ハッ」

泣いているマリーメイアを見てフリーズしていたハルート。

慌てて深呼吸をして落ち着いた後、魔法使いに（マリーメイアからは見えない角度で）背中をさすられながら、彼は勇者の末裔《まつえい》とは思えない嘲笑を浮かべる。

「勝手にするがいいさ。ひとまず実家に帰るんだな。両親に顔を見せてやれ。その後は……隣の王国に行くのはどうだ？　紹介状なら書けるぞ？」

「え？　急に親切」

「ギャハハハ！　嘘だよ、嘘！」

ハルートは背中で何かの紙を握りつぶしたが、それはマリーメイアからは見えなかった。

「でも私と一緒に、世界を救うって、言ってくれたのに……」

「救うのは世界だけで充分俺たちなんだよ」

「世界を救うのは俺たちだけで充分だ、ね。混乱し過ぎだから」

仲間の一人である賢者から冷静に訂正され、ハルートは顔をしかめた。

彼は完全にテンパっていたが、最後の力を振り絞ってマリーメイアの後ろを指さす。

「ここから王都までは一本の坂道だし見晴らしもいい、危険な目に遭わず帰れるだろう？　さっさといなくなるがいいさ」

「え……ええっと……？」

「消えろと言っているんだよ」

邪険にしている割には親切、親切な割には主張が一貫して自分を追い払おうとしている。わけが分からないが、出て行けという意思は固いらしいとマリーメイアは察した。

「……わかり、ました」

もう話し合いの余地はないと悟った彼女は、ハルートが勝手に、そして丁寧にまとめておいた荷物を拾い上げると、王都への下り坂を歩き始めた。

何度も振り向きながら、彼女は少しずつ遠ざかっていく。

そしてその背中がついに見えなくなった後、ハルートはずるずると椅子から滑り落ち、地面に座り込んで、頭を抱えた。

「わざわざ取り寄せた紹介状、自分で無駄にしているではないか」

「話の流れで使えそうなら使うと言っていたのは君自身のはずなんだが、自分でダメな流れに持ち込んでしまっては話にならないな」

何か考えはあったのだろうと予想しつつも、仲間たちはリーダーに冷たい視線を向ける。

「ハルート、どうするの？　マリーメイアの代わりなんて、いるとは思えないよ」

「………もうぼうけんしゃやめる」

赤ちゃんみたいな声がハルートの口からこぼれ出て、仲間たちは顔を見合わせ肩をすくめた。

こうして最強パーティは、人知れず休業期間へと入ったのだった。

◇

普通に大学を卒業して普通に働いていた俺は、ある日駅の階段で足を滑らせて死んだ。

死んだという実感があるわけではなく、つるっと体がひっくり返って頭に強い衝撃を感じた後、視界が真っ暗になったというべきか。

結構ちゃんと死んでるなこれ。

それから目を覚ました時、俺は赤ん坊になっていた。

両親として振る舞う知らない男女や見たことのない景色、何よりごく普通に人々が魔法を使っているのを見て、これは別の世界に生まれ変わってしまったんだなと理解させられたものだ。

変な目立ち方をしないよう子供らしく振る舞いながらも、俺は国の名前や固有名詞を聞き集めていった。

結果としてこの世界は、俺が前世でやりこんだゲームの世界だと確信するに至った。

俺が転生したのは『ＣＨＯＲＤ　ＦＲＯＮＴＩＥＲ』というコンシューマーゲームの世界だったのだ。

等身大の３Ｄキャラクターを操りマップを探索し、敵とエンカウントしたらターン制バトルを行い、ストーリーを進めていくというよくあるＲＰＧである。

特徴的なのは、ゲームシナリオがいわゆる追放もの文脈を取り入れていた点だろう。

主人公であるマリーメイアはパーティから追放された後、別の国やら色んな僻地《へきち》やらで新たな仲間を集めて世界を救う冒険をすることになる――というのが大まかなストーリーだ。

スタッフもそこを意識してか、非王道ＲＰＧなんてジャンルを名乗っていた。

結果としてシナリオ面では賛否両論となったが、個人的には意外とこれゲームでも通用する設定だな……と思った。ゲームシステムやらＢＧＭやらはスゴい良かったし、何よりキャラデザがめっちゃ良くて話題になった作品だ。

というか他の要素が１００点中95点ぐらいは余裕で取ってきただけに、どうして追放要素を入れてしまったんだとゲームファンたちを反発させていたんじゃないかな、と俺は思っている。

それでも一定数売れて『２』が出たので、試みとして失敗ではなかったのだろう。まあ『２』になって急に毛色変わったからちょっと炎上してたけど。

ともかくよく知っている、というか割とやり込んだと自負しているゲームの世界に転生したと知り、俺のテンションは高まりまくった。

そして自分の名前を知って、テンションは急降下し、胴体着陸の後で爆発炎上した。

この世界での俺の名はハルート。

主人公マリーメイアに冒頭で追放を言い渡す、傲慢な旧パーティリーダーだったのだ。

『マリーメイア……俺のモノになれ』

『お前がいなくなったから、俺たちは落ちぶれて、今じゃＣ級冒険者だ……お前のせいで……！』

こんな感じのセリフばっかり言ってるやつだった。ダサ過ぎるだろ。

しかも原作でハルートがマリーメイアを追放した理由は自分の女にならなかったためである。ダサ過ぎるだろ！　さすがに限度を超えている。

原作ハルートはシナリオを進めていくとちょいちょい出てくるんだけど、出てくるたびに落ちぶれていくもので、マリーメイアに恨み言をぶつけたり肉体関係を迫ったりしては新たな仲間たちにぶちのめされていた。近年『ざまあ』と呼ばれる話の流れだ。

非王道RPGとはいえ女主人公に肉体関係を迫ってくるクズ男が定期的に会いに来るものだから
そりゃ嫌な人は嫌だろうな。ストレス溜《た》まるに決まってる。

ハルートのアンチスレは毎度伸びまくっていたのも当然だろう。

……まあ、ともかく、パーティを追放されたマリーメイアは新たな仲間たちと共に冒険を繰り広げ、最後は世界を救うのだ。それがこの世界のシナリオだ。

つまり……俺が彼女を追放しないと何にもならん。

平凡な少女とか言ってる割には美少女過ぎるし好みドストライクだし優しいし芯があるしもう本当に世界で一番可愛《かわい》いと思っていたけど、追放しないと話が始まらん。

何せ彼女は、追放されることで真の力に覚醒するという非常に難儀な設定を持っているからな。

そしてつい先日、追放は無事に完了した。ミッションコンプリート。

後は落ちぶれるだけなのだが……ハルートに対するざまあイベントって、世界を救う旅に関係ないんだよね。マリーメイア組とプレイヤーがスカッとするだけ。

だからざまあされる必要はないと判断し、俺はパーティを解散して隠居するつもりだった。

しかし待ったをかけたのは、残った仲間たちである。

仮にも最強のパーティが、仲間のうち一人を追い出した後に突然解散となれば、逆にマリーメイアが何かしたのではないかと疑いがかかると指摘してくれたのだ。

完全に盲点だった。危なかった。あと同時に俺がマリーメイア憎しで追放したわけではないことがバレ散らかしていた。

これはもう仕方ない。俺、前世でマリーメイアが推しだったし。

グッズ買い集めてたし。職場のデスクにアクスタ並べてたし。

あああああああああああああああああああやだああああああああマリーメイアちゃん泣かせたくなんかなかったのにいいいいいいいいいいいいいいいいいい！！！！

死にたい…………いかんいかん、ちょっと動揺してしまった。

とにかく、事情があると酌《く》んでくれたおかげで、俺が追放の話を相談しても受け入れてくれたようだ。原作だとこの仲間たちもまあまあひどい末路を迎えていたので、そうならないためのパーティ解散でもあったんだが。

『また後日、共に冒険に出るとしよう』

『黙って彼女を作ったりしないようにしてくれたまえよ、ハルート』

『ご飯は、毎日食べてね……心配だから』

気軽な挨拶と共に、三人の仲間たちはどこかへ行った。

これ最終的に解散しようとしてるの俺だけだな……

とはいえ、俺からすれば今まで生きてきた目的をやっと達成することができたのだ。

数日ベッドの上でぼけーっとして、積んでた本をパラッと読んだり、意味もなく一人で深酒しまくったりした後。

思い立った。

第二の人生を始めよう。

◇

「驚きましたよハルート君、勇者の末裔にして最強の冒険者と呼ばれる君が休業なんて」

「いや休業っていうか気分としては第二の人生を始めてるんですけどね」

古ぼけた校舎の廊下をギシギシ言わせながら歩いていると、隣を歩く教頭先生がそう言った。

俺が学生時代にお世話になった恩師でもある。

しかし見た目が当時から全然変わってない、美魔女というやつだろうか。

「良かったんですか？　君がこんな辺境の冒険者学校に来るなんて、何を言われるか……」

「まあ、どうせ暇ですから。せっかくなら母校の手伝いをした方がいいと思うので」

実家に顔を出すのも気まずく、さりとて王都に居座っててもみんなはちゃんと働いてて気まずい。

俺にニートの才能はなかった。

そこでかつて通っていた冒険者学校に連絡を取ったところ、外部顧問的な形で指導者として雇えるかもという話になった。

「でも全然変わってないですね校舎。俺の時は生徒が五人だけで、広く使えましたけど」

「ふふ……今も三人しかいませんよ」

「何を笑ってるんですか？」

絶望的な数字である。限界集落にもほどがあるだろ。

まあ田舎の冒険者学校ならこんなものなのかもしれない。

「とはいえ三人とも、君たちに負けないぐらい優秀な冒険者となる可能性を秘めていますがね」

「ははは……先生、仮にも俺、最強って言われるようになったんですよ？」

いくらなんでも過言だろうと笑い飛ばしながら、教室の扉を開け放つ。

教室の中には、椅子と机が三組あった。

それぞれに着席した生徒たちが、興味深そうにこちらを眺めている。

「嘘だろ………」

その三人の少女たちを見て、呆然《ぼうぜん》とした声が漏れた。俺は稲妻に打たれたかのように、まったく動けなくなった。

「へぇ～、お兄さんが新しいセンセ？」

セミロングぐらいの金髪をおしゃれにまとめた、活発そうなギャル。

「……結構若いのね」

制服を着崩して色白な素肌を晒《さら》す、ダウナーな雰囲気を纏《まと》った黒髪のギャル。

「キャハハ！　心臓の音すっご♡　怯《おび》えじゃない、驚き？」

ピンクのミニツインテールが可愛らしい小柄なギャル……ギャル？　メスガキ？

っていうかギャルってもう死語か。いやそれは元の世界の話か。

まずい思考がまとまってない。

そもそも俺がこの三人をギャルと呼称したのは、キャラデザが発表された際の反応がみんなしてギャル三人組じゃねえかと言っていたからだ。

「ハルート君、彼女たちが今日から君に面倒を見てもらう生徒です……ハルート君？　どうしました？」

教頭先生の声が遠くに聞こえる。膝から崩れ落ちないよう堪《こら》えるので精いっぱいだった。

教室で俺を待っていた三人を俺は知っている。嫌と言うほど知っている。

彼女たちは、『CHORD FRONTIER』の次回作――『CHORD FRONTIER2』のメインキャラクター、というか主人公たちだった。

なんでやねん。

始めたいのは第二の人生であって第二作ではねえよ！

◇

教壇に立ち、三人の生徒たちの顔を見回す。

順番に、目をキラキラさせて興味深そうな、こちらを見ることすらなく興味なさそうな、そしてニマニマとこちらを小馬鹿にしたような表情。

間違いなく続編に登場する主人公三人組だ。

「えーと、これから君たちのクラスを受け持つことになりました、ハルートです」

混乱の余り前世の社会人としての態度が表に出てきてしまった。

まずい。傲岸不遜なクズ勇者ロールが崩壊している。いやもうする必要ないんだけど。

「今回は教導官候補生として皆さんを担当することになりました、よろしくお願いします。では、三人にも自己紹介を……」

「あたしはエリン！　センセ、よろしくねっ！」

話を振った瞬間に金髪のおしゃれな生徒が勢いよく挙手した。

ぐわあああ！　前世ぶりの陽キャオーラにあてられて体が不調を訴えている！

「えっと、名字を聞いても？」

「えー、名前で呼んでよ」

唇を尖《とが》らせてぶーたれ始めるエリン。表情豊かだ。

俺は静かに横を見た。そこにいるはずの教頭先生は影も形もない。事前に生徒の情報ぐらいくれよ！　これぐらい大丈夫だろって思ってるのは分かるけどさあ……！

「あぁー……そうか、分かったよ」

「え？」

俺はエリンが腰に差す二本の太刀《たち》をちらりと見て、頷《うなず》いた。

クズ男がずっと付きまとってくる『1』よりは陽気な空気感の『2』だったが、メイン三人が抱える事情はそれなりに重いものだった記憶がある。

例えばエリンの場合、実家がめちゃくちゃ厳しくて半ば出奔するようにして冒険者学校に入学、

その際にギャルデビューしたみたいな感じだったはず。

……基本的なデータ自体は覚えているんだが、いかんせん『2』はシナリオをクリアしただけなんだよなあ。周回するたびに様々なエンディングを見ることのできた『1』と違って、本筋は一本道だったし。

内部のシナリオライターが変わったんじゃないかと噂になったし生放送でライターの変更はあったって公式が認めてた。そら空気感違うわ。

「確かソードエックスだっただろ?……だったよね?」

俺は記憶を手繰《たぐ》り寄せて、エリンの名字を口にした。

うろ覚えだけどイカれた剣術バカ家系だったと思う。自分を人間ではなく、大義により振るわれる刃《やいば》と定義している、みたいなアホ過ぎるポリシーを持ったハートフルファミリーだ。

「……へぇ、それは知ってるんだ~?」

名を発した刹那に、教室の温度が下がった。

他の二人の生徒は動じてないが、俺はドッと冷や汗を垂らす。

エリンの目は笑っていなかった。厳しい訓練を積みに積んだ者だけが出す威圧感。教室の床が物理的に軋《きし》んでいないのが不思議なぐらいだ。

えっ怖いんだけど。なんでこんな威圧感出せるの? なんか強くね?

俺は助けを求めて黒髪の生徒に視線を向けた。

「あんまり、出さない方がいい名前ってことでいいのかな」

「さあ」

黒髪の女子生徒はこちらを一瞥《いちべつ》すらしなかった。

仕方なく最後の、明らかに大人を舐《な》め切っている生徒を見る。

「あーあ、がっかり。せんせいってば意外とビビリなんだあ。心臓の音すっご♡」

さっきからなんでこいつは俺の心拍数を全部聞き取ってるんだよ。

いやそういうやつなのは知ってるけど。

結局誰も助けてくれなかったので、俺は改めてエリンに向き直る。

「ねえセンセ、教頭先生から聞いたんだけど、結構有名な冒険者だったんでしょ？　そうは見えないけどな～」

ゆるっとした口調とは裏腹に、エリンのまなざしは戦士、というか剣客のそれだった。

俺の一挙一動をつぶさに観察している。それもガン見してではなく、ごく自然にだ。

……おかしい。恐らくだが、『観察眼《かんさつがん》』スキルを使っている。

『ＣＨＯＲＤ　ＦＲＯＮＴＩＥＲ』は戦闘時に使うアクティブスキルや常時発動しているパッシブスキルを活用するゲームだった。

ゲーム世界に転生したっていうのにステータス画面を開けない不親切仕様だったので軽く絶望していたが、スキルに該当する力がちゃんとあるのは確認できている。

問題は、『観察眼《かんさつがん》』スキルはエリンがレベル40到達時に解放される代物だということ。

――冒険者学校にレベル40のやつなんていてたまるか！

マップで遭遇するモブ冒険者たちの平均値は確か32・5だぞ。

え？　この間『1』のOPデモ終わったばっかりだよ？

なんで『2』主人公がこんな高レベルになってるの？　中ボスをハメ殺せるじゃん。

「……とりあえず、他二人も自己紹介をお願いできるかな」

探りの視線を受け流しながら、俺はかろうじて笑みを浮かべた。

黒髪の女子が数秒沈黙した後に、ゆっくり唇を開く。

「……シャロン・ピール」

「…………」

「…………」

名乗りだけで終わった。シンプル過ぎるだろ、具なしピザか？

「あー、ありがとう。他に何か、好きなものとかあるかな」

「静寂」

「あ、そ、そうか……」

これ以上は無理っぽいな。

すました表情でそっぽを向く彼女の背後には、魔力砲撃機構搭載型の突撃槍《とつげきやり》が壁に立てかけられている。シャロンのデフォルト装備だ。普通にゴツ過ぎる。

この子の性能は確か、魔力値がバグってた。バグったみたいに多いとかではなくバグってた。

黒髪のダウナー系ギャルであるシャロンは、全キャラの中でも魔力最大蓄積値と魔力回復効率が優秀だった。

それを利用して特定のスキル回しをすると、毎ターン攻撃タイミングが回ってくるたびに最大攻撃力の魔法を発動することが可能、みたいなメーカーの意図しないムーブがあったのだ。

要するに壊れキャラである。ていうかこの三人全員超強いんだよな、ゲームシステム上。

「じゃ、じゃあ次……」

顔を向けると、メスガキと視線がバッチリ重なった。

向こうの視線には煮詰めに煮詰めた殺意が込められていた。机を蹴とばして間合いを詰められるのに一秒かからないだろう。

気を抜いていたら、即座に右手を腰に差した剣へと手を伸ばしたかもしれない。

「はーい。クユミ・ランガンだよっ、楽しませてね～？」

「……心臓に悪いから殺気抑えてくれ」

「くふふっ。今のって反応できなかった？　それともわざと反応しなかった～？」

「正式じゃないけど、俺は教師としてここに来たからな。生徒相手に馬鹿な真似はしない」

この言動でこっちをガチの殺気で釣って試すのタチが悪過ぎるだろ！

高位の冒険者並みの強さをもう持ってるじゃん君！

いやどうなってんだレベル帯！　おかしい。明らかにおかしい。

先ほどからずっと、チュートリアル前の段階で絶対に到達してはならない強さを発揮されまくっている。何も教えないまま卒業させても、彼女たちは初陣で敵を殲滅《せんめつ》して帰ってくるだろう。

「はい、じゃあこんなところで……とりあえず、一時間目は自己紹介だけすればいいって言われてたけど……」

「「「…………」」」

「ああうん俺が出ていくべきか。そうか」

三人の視線は出てけよと語りかけてきていた。

怖い。この子たちの前でクズ勇者ムーブとかできない。

まあマリーメイア追放という人生の目標は達成したわけだから、やる必要もないんだけど。

俺は手ぶらのまま教室を出ていこうとして、ふとエリンに声をかける。

「あぁーそうだ、エリン」

「なに〜?」

「次の授業からは剣域しまってくれ」

「……」

椅子に座るエリンを中心として、円状に剣の届く領域が展開されている。

余りにも研ぎ澄まされた気配を発しているから、油断してる時に仕掛けられたら容赦なくカウンターを打ってしまうだろう。本当に冒険者学校の生徒か?

「……はーい。やっぱ強いんじゃん、もっとシャキッとした方がかっこいいよ?」

「そうか?……くく、この俺にアドバイスをするなど百年早いが、まあ勝手に言うがいい」

「うわダサ、似合ってない」

これでずっと飯を食っていた俺は泣いた。

◇

「やっぱり覚えてなかったわね」

顔合わせの時間を終え、憔悴《しょうすい》した様子でハルートが教室から出ていったあと。

椅子に座ったまま、シャロンがぽつりとつぶやいた。

「……あたしの場合、『ソードエックス』になる前だからね。あんまし期待してなかったかな～」

「なんか大人しくなってたね。前に見た時の脈ちっとも乱れないまま上級魔族殺してた時と大違い♡」

ハルートは『2』のキャラたちが想定と違うことに動揺していた。

まだ『1』すら始まったばかりの段階でここまで強いはずがないと。

間違えているのは彼の方だ。

すべての前提をそろえようとした結果として、すべての前提を彼が狂わせた。

マリーメイアの追放のため、ハルートは仲間たちと共に冒険へと繰り出した。

最強のパーティから追い出されたという状況を作るためには——最強になる必要があった。

シナリオを信奉するあまり、『1』の時間軸に明らかな矛盾点があることに気づかなかった。

仲間を集めて最強の座に君臨するまで、ハルートは二年半かかった。

それでギリギリ間に合った。

二年半。

蔓延《はびこ》る魔族を誅殺《ちゆうさつ》し人々を救済し名を挙げ未踏破領域を踏破し人類史に名を残すだけの功績をダース単位で達成する――それを、たったの二年半で！

本人だけが気づかなかった狂気の疾走は、最強の座へ至ることにより完遂された。

オープニングの段階で生じていた明らかに不可能である前提条件を、ハルートは強引にクリアしてしまった。

この世界がいかに歪《ゆが》んだのか、誰の人生を破壊したのか。

彼だけが、何も知らない。

◇

冒険者学校の初日。

俺は職員室で手渡されたカリキュラムにざっと目を通した後、深く嘆息した。

「不満かしら?」

「不満も不満ですよ」

背後から話しかけてきた教頭先生に対して、カリキュラムの紙をバサバサと机に投げ捨てながら返す。

　別に冒険者学校としては普通のカリキュラムだ。俺がかつて受けたものから、きちんと時代の変化に合わせてブラッシュアップされている。

　ただ、それだけだ。

「俺の時にもほとんど意味なかったでしょう。今回の三人も同じですよ」

「あら、君たちと同じように天才だと思っていいってことでしょうか？」

「揚げ足取りですよ……」

　そりゃここに通ってた頃の俺たちと同レベルなんてありえない～みたいなこと言ったけどさ。

「だからこそ、君からの連絡があったのは本当に幸運でした」

「なるほど。昔あなたがえっちらおっちら半泣きで頑張って教えてくださった経験を生かして、本当はどう学ばせるべきだったのかを実践するってわけですね」

　教頭先生は笑顔で小さな杖《つえ》を俺の頭部に突きつけた。

　俺は両手を上げて全面降伏の姿勢をとった。

「すみません。今のは完全に俺がバカでした」

「まったく……いや、別に半泣きになんてなっていなかったはずですが……」

　なってましたよ、と指摘すると藪蛇《やぶへび》過ぎるので割愛する。

　まあ俺を含む五人、今思えばクソガキ指数高過ぎたかもしれんしな。

「ともかく、やれる範囲はやってみますよ」

「助かります。具体的に必要なものがあったら教えてください」

「必要なもの？」

「教えるうえで、です。実際に冒険者として色々な経験を積んだハルート君だからこそ分かることもあるんじゃないかなと」

いろいろな経験って、クズ勇者ごっこしてただけなんだけどな。

まあ言われたからには仕方ない、いっちょやってみるか。

クズ勇者として培ってきた最低の思考回路が唸《うな》りを上げる。

唇をつり上げ、目を鋭くし、金と女と地位のことしか考えていない男の顔を作り上げる。

ピンと来た！

「授業中は制服ではなく水着の着用を義務付けましょう。エッグイ角度の覚悟決まりまくってるやつ」

「………………」

教頭先生の瞳から光が抜け落ちた。

軽蔑を通り越した何かが宿っていた。なぜこんな男が教育者になろうとしたのか理解できないと書いてあった。

「……本当にすみません、冗談、冗談です」

「へえ、若い子がいいんですね」

「違います違います違います！　今のは昔の悪い癖というか……」

教育者として怒られるかと思ったが、教頭先生はどちらかといえば普通に機嫌を損ねていた。

なんだ、つまり——先生として生徒を水着に着替えさせるのはセーフなのか!?

そんなわけねえだろタコ。恥を知ろうと思います。

◇

「最初の授業ではざっと自分がどういう冒険者になりたいのかを考えてもらおうと思います」

冒険者学校の制服姿の三人は、訓練場に並んで首を傾《かし》げた。

「えっとセンセ、それってその、将来の夢みたいな?」

挙手したエリンが恐る恐る問うてくる。

どうやら俺が、道徳の授業みたいな話を始めるのではないかと疑っているらしい。

安心してほしい。俺に道徳を説く資格はない。

「いや、冒険者ギルドに届け出るジョブの候補を絞ってもらう」

「想像の百倍ぐらいちゃんとした内容だった……!」

ゲームシステムとしては、各キャラクターは専用の経験値を消費することでジョブを変更したり、上位ジョブに進化したりすることができた。

転生した今は、ギルドに申請して冒険者カードに記載されて初めてジョブを獲得できる。

単純に自分を売り込む名目にしたり、ギルド経由で複数の冒険者を集めて行動させる際の割り振りの指標にしたりするのが目的らしい。

ってていうかこの辺の確認、パッとやらせてほしい……！　具体的に言うとステータスオープンさせてほしい……！

「あたし、ソードマスターとかがいいなあ」

「マスターしてから言え」

そっけなく告げると、エリンはやっぱりか～と肩を落とした。

お前のジョブは『サムライ』→『剣豪《けんごう》』→『剣聖《けんせい》』固定なんだよ。ジョブクラス一本道女がよ、実家は嫌いでもその剣の才能は誇れ。

「せんせいは何だったの～？」

剣士系統に縋《すが》りつこうとするエリン相手に頭を悩ませていると、密《ひそ》かに背後を取りに来ていたクユミが、背伸びして俺の首筋をつうと撫《な》でる。

なんでボディタッチがエロい女ではなく猟奇殺人犯チックなんだよ。興奮より恐怖が勝つから一刻も早く修正しろ。

「俺はブレイバーっていうジョブだった。オンリーワンにしてナンバーワンのユニークジョブだよ、まあまだ価値なんて分からんだろうさ」

「せんせいその口調の時に脈と体温がスッと安定するんだけど、自分を落ち着けるためのルーティンだったりするの～？　人格歪み過ぎ♡」

だからこいつはその間合いでは見抜けないことを見抜き過ぎなんだよ！

恐れ戦《おのの》きながらも、俺は彼女にも志望ジョブを尋ねる。

「クユミは『シーフ』系統に進んでいくのが適性だと思うけど、今はどの辺なんだ？　まさか『忍者』？」

彼女が適性を持つジョブは『シーフ』系統だが、『潜伏《ハイド》』スキルと『観察眼《かんさつがん》』スキルの精度が高過ぎる。これ上位ジョブでレベル60ぐらいないとできないだろ。

「にんじゃ……って、何？」

そう思っての問いかけだったのだが、出会って初めてクユミがぽかんとした表情を見せた。

あっ……あれ、もしかして『忍者』ってまだ誰も到達してない？

「いやマジで関係ないことだった。知らなくても無理ない」

「え～？」

胡散臭《うさんくさ》そうにこちらを見るクユミ。

でもやってることだけを見ると明らかに上位ジョブに到達してるんだよな。いやこれは俺がゲームの感覚で考え過ぎなのか？　こういう天才もたまにはいる、ってことでいいのかなあ……

「ま、二人はある程度方向性は決まってるってことか……じゃあ最後だな」

「………」

ひとまず剣にまつわるジョブを取るつもりではあるエリン。

既に上位の風格すらあるシーフ系統のクユミ。

残ったのは、魔力砲撃機構を搭載した突撃槍を抱えているシャロンだ。

彼女は騎士と魔法使いの二系統に適性を持つ。

そして正当に進化していけば、最終的な着地点として二系統を混ぜた完全独自ジョブ『ブレイズバスター』へと至るのだ。

この道を絶対に潰してはいけない。他に派生のしようのない刀バカことエリンや、なんか既に極まりつつあるクユミとは違い、シャロンは育成を失敗すると『ブレイズバスター』にたどり着けなかったりする（一敗）。

ならばこそ――俺が最も教師として気合を入れて指導すべきなのは、恐らくこの子だ。いやそんなに扱いに差をつけるつもりはないけども。

「シャロン、自分の強みはなんだと思う？」

「これ」

言うや否やだった。

訓練場に持ち込んでいた得物を砲撃モードに展開して、シャロンは自動で投影されていた仮想ターゲットめがけて魔力砲撃を叩《たた》き込んだ。

即時充塡された魔力が焰《ほのお》と雷を混ぜこぜにして放たれ、射線上の地面を融解させながら疾走。

直撃と共に仮想ターゲットが消し飛び、余波で膨れ上がった火球に、訓練場の外壁がえぐり取られる。

「全部を焼き尽くすこと」

「的だけにしてくれ」

的以外のものを焼き尽くし過ぎなんだよ。

山火事の跡か？　端的に言えば地獄絵図。エリンとクユミもドン引いていらっしゃる。

「……シャロン、これは味方のことを考えて撃ってないだろ」

「だったら？」

その質問は予想できていた、と言わんばかりに即答された。

クソが、そういえば原作でもこいつ尖りまくってたな。

つけられてたあだ名は『殲滅《せんめつ》お姉さん』『皆殺しシングルタスク女』『魔女狩りが本当に狩るべき対象』とひどいものばかりだ。

しかし、この超絶火力を育てなければ世界に未来はない。

ここは教育的指導が必要だ。

「お前さ、もうちょっと仲間を考えて行動するべきだぞ」

「仲間なんて――」

「エリンとクユミなら巻き込まれる前に退避できると思うからもうちょい出力上げた方がいい」

「…………」

たっぷり時間を挟んでから、シャロンはただ一言、は？　と告げた。

「見て分かる、とは言えないけど気配で大体分かる。出力の上限値には全然遠いだろう？」

「……そんなこと、言われても」

「仲間をついてこられない前提で見てやるなって」

俺はチラリと二人を見た。二人ともシャロンが作った惨状とこちらを交互に見た後、凄《すご》い勢いで首を横に振り始めた。

嘘をつくな！　俺はお前たちのステータスを知ってるんだぞ！　そのレベル帯でフレンドリーファイアから即時回避できないわけねえだろうが！

「……でも巻き込んだら、みんなやっぱり、私のこと」

「それは先生が責任取るから大丈夫だ」

ステータス的にはあり得ないから取ることは未来永劫《みらいえいごう》ない責任である。

故に、自信満々で即座に断言できた。

「………………」

シャロンはじっとこちらを見つめてきた。

これ以上はもう何も言えん。

信じてほしい。プロミスミー！　あっちげえトラストミー！

「ちゃんと約束して」

びっくりした、脳内を読まれたのかと思った。

「もしも私が、クラスメイトを誤って焼き殺しちゃったら……先生が、責任を取るって」

改めて聞くと字面ひど過ぎるな。

大丈夫なのは分かっていても倫理的に凄い約束しにくい。するけどさ。

「ああいいよ。そうさせないのも俺の仕事だからな」

「ふーん」

シャロンは頷くと、多分初めてこちらの目を見た。

視線が重なったのを確認するかのように数秒見つめ合った後、彼女はニカッと笑う。

「今の断言はかっこよかったよ。やるじゃん」

「………」

「いい大人がガチデレなんかしないでよ」

それはその通りなんだけどちょっと耐性がなさ過ぎた。

思えば知ってるゲームの世界に転生したのに女の子とイチャコラするとか夢のまた夢みたいな生活を送ってきたからな。これは勘弁してほしい。

「へえ、熱血じゃん♡　でも、そういうのせんせいが言うと説得力あるな～」

「え？　そうか？　俺結構評判悪いと思うんだけど……」

クユミの言葉に振り向くと、彼女は一冊の本をこちらに見せびらかしていた。

表紙にはやたらイケメンなお兄さんの絵が描かれている。

本の帯にはこう書いてあった。

『勇気をもって進む者。

遥《はる》か太古の時代、闇を打ち払い、世界に光を齎《もたら》した存在の末裔。

それこそが勇者の末裔――ハルートなのだ！』

「…………………」

絶句。

心の底から、言葉を失った。

差し出された本を受け取り、シャロンが首を傾げる。

「何これ」

「新発売の本！『勇者の末裔の偉業～最強の冒険者ハルートの実績を読み解く～』だよ。ちなみにせんせいとパーティ組んでた僧侶さんが書いたんだって♡」

「あの馬鹿はどこだ！！！！」

これがマリーメイアの手元にわたって、なんか俺の評価上方修正食らったらどうすんだよ！

俺の計画が全部狂ってんだよなあ馬鹿のせいでよおなあ！

◇

とりあえず、シャロンも砲撃系統の要素を持ったジョブを志すと言ってくれた。

生徒三人がそれぞれ方針をざっと固めることに成功したので、俺も安心して授業を進めることができる。

「えーそれではね、三人とも、もうそういうレベルにあると思うんで。ちょっと魔物と戦ってもらおうかと思います」

いよいよ始めるのはチュートリアル、に似せた何かだ。

『2』では冒険者学校を卒業する時の卒業試験がチュートリアルで、合格した主人公たちは冒険の旅に繰り出すという流れだったはず。

つまりこの入学後最初の訓練は、チュートリアルにたどり着くためのチュートリアルみたいなものになる。俺はさっきから何を言ってんだ？

「…………」

最前列、というか俺の目の前に立つシャロンが静かに頷く。

距離が近い。一歩でも前に進んできたら胸がもにゅっとこちらに押しつけられるだろう。

「あーその、シャロンさん？　ちょっと下がってもらえるかな」

「……なんで？」

きょとんとした様子で首を傾げられて、思わず頬が引きつる。

「女性冒険者は男性冒険者相手に距離をきちんと置いた方がいいんだよ。男っていうのは基本的にカスだと思って生きていった方が余計なトラブルを避けられるんだぜグウウウオオオオオオオオッッッ」

「急にどうしたの先生……」

原作ハルートのこと過ぎて内臓にダメージが入った。

冷静に考えると、俺と関わること自体も良くないと思うんだよな。予定では俺、クズ勇者として社会全体からの評価も冷え切っているはずだし。僧侶とかいうクソバカのせいで微妙に怪しいんだけども。

「ま、まあとにかく、ちょっと離れておけ」

「……指導としては分かった。でもそういう男性冒険者と先生は、同じなの？」

「そんなわけあるか」

「じゃあいいでしょ」

「…………」

年下の教え子相手に論破され、俺は泣いた。

「グスッ……」

「ごめん、いじめ過ぎたかも。私はとりあえず、準備できてるから」

砲撃機構搭載型突撃槍をガシャガシャと稼働させてメンテナンスを始めるシャロン。

俺は涙を拭い、他の二人のもとへと向かう。

「おい、話聞こえてたよな？」

「聞こえてたよ～」

ぶい、とピースサインを見せてくるエリン。

彼女は刀を鞘《さや》に納めたまま、箒《ほうき》をこちらに見せつけてきた。

「訓練場の掃除は任せて！」

「サボりたいなら普通にそう言ってくれ……」

やる気がないことのアピールに労力を割いているせいで、単にこちらを舐めているのではないかと疑ってしまう。俺がエリンの背景事情を知っていなければブチギレていた可能性はあるぞこれ。

めちゃくちゃ丁寧に教師をバカにしてるもんな。

まあ俺は知っているから大丈夫なんだけども。

エリンは単純に、そういうことを言える環境ではなかったのだ。

「……え、えっと」

「いや言うな言わんでいい。言うことの負荷の方が重いだろ。とにかくこの冒険者学校ではお前たちを成長させるのが目標だが、道の極みに至らないことを理由として怒ったりはしない」

エリンは目を見開いた。

……あ、これ俺、知らないはずのこと言ってたりする？　分かんねえ。

でも教師だし、ちょっと調べておいたってことにすれば言い訳できるだろ多分。

「ただ最低限、例えば投げた球を斬るとか、それぐらいでいいから後でやってもらうぞ。魔物相手は今回はパスでもいいから」

まだチュートリアルすら始まってないんだ。ここで俺が無理矢理エリンを授業に参加させて、萎えて学校辞めますとか言われたら世界が終わる。

なるべく優しく、毒にも薬にもならず、エリンが主人公としても成長しないように適当に甘やかす方針で行くべきだろう。そう思っていると。

「……じゃあ、やる」

「えぇ……？」

顔を背けて、平坦《へいたん》な声でエリンは告げた。

俺、子供たちの心が全然分かんない。

やれって言ったらやらないけど、やらなくていいって言ったらやるじゃん。もうどういうことなんだよ。

「じゃ、じゃあ先行ってるからね……」

シャロンの隣にぱたぱたと駆けていくエリンを見送る。

一応授業としてはうまくいってるんだよな、うまくいってるってことでいいんだよな……？

内心で首を傾げつつも、最後の生徒のもとへと向かう。彼女はニヤニヤ笑いながら俺を待ち構えていた。

「いや君は何してんの？　なんで集まってないの？」

「せんせいが来るの待ってたんだよ。ほらこれ見て見て♡」

クユミは腰やら足首やら袖の中やらからダガーを引き抜いた。

計八本のダガーだ。どこに隠してんだよお前。

それらをひょいひょいと空中に投げて、クユミは器用にもお手玉を始める。

「せんせいこれできる？　できないでしょざーこ♡」

「普通に危ないからやめろ」

言いつつも、いや全然怪我しなそうだなこの子と思った。

抜き身の刃物を扱うのは誰だって最初は緊張するものだが、そういうのがまるでない。

「まあ、凄いのは事実だけどな……慣れているじゃないか」

「えへへ、まーね」

褒められて悪い気はしないのか、にまりと笑ってクユミはダガーを瞬時に各所へとしまい込む。挙動がいちいち洗練されていて怖いんだよ。

「じゃ行こっか♡」

「ああ……そうだ、質問の答えになるかは分からないけど。ダガーで両手のお手玉はやったことはない。だが似たようなことはやったことがある」

なんかの上級魔族との戦闘で、居合わせた人を庇《かば》って片腕が折られた後の戦闘だ。

持ち合わせていた刀剣計三本を残った左手を使って、斬撃を放つと同時に上へと放り投げ、代わりに落ちてきた剣を握って斬撃を放ちまた上に放り投げて……と片手お手玉の要領で攻撃を継続したことがある。

よく考えたらダガー八本の方が難しいわ。解散。

「ふ〜ん?」

質問されていたので答えておくか、ぐらいの気持ちで言ったのだが、クユミは興味深そうにこちらを見上げる。

なんだか見透かされそうだったので、俺は黙ってエリンたちが待つ場所まで早歩きで向かった。

◇

「じゃあの魔物を倒してもらいます」

俺が指さした先には、イノシシに近い魔物が一本の足を鎖につながれ、練習場に連れてこられていた。

可哀想《かわいそう》だが、魔物は遭遇した人間を殺傷したり、人間の建造物を荒らしたりする性質がある。本能的にそうなのだ。魔王がそういう風に遺伝子を弄《いじ》ってるという設定があった。

だから放置できないどころか積極的に狩っていく必要がある。

その練習のためには、こういう形で生け捕りにした魔物が必要なのだ。

「じゃあ最初は……うん、クユミ、どうだ？」

「は～い」

一番安定してそうなやつを指名すると、クユミは腰元からダガーを引き抜くと、くるりと回転させて逆手に持つ。

「始めていいぞ」

「すぐ終わっちゃいそうだけどいいの？」

「構わない」

俺がそう返事をした直後、クユミの姿が消えた。

10メートルぐらいの間合いがあったはずなのに、小柄な彼女はいつの間にか魔物の頭上を取っていた。

「ざーこ♡」

相手の頭部に手を当てて、腰のひねりを入れながら前方宙返り。

すれ違いざまのかすかな動きだけで、ダガーの刃が魔物の喉元をかっさばくのが見えた。

「怖……」

思わず呟《つぶや》いた。

自分の体を完璧に掌握している。学生レベルじゃないっていうか普通に達人レベルじゃないのこれ。え、こんなんと戦場でかち合ったら、俺多分ビビって逃げようとするよ。

そりゃこれだけやれるなら本当に雑魚《ざこ》扱いもするだろうよ。こんなに説得力のある煽《あお》りをしていいんだメスガキって。

「せんせい見てた～？」

魔物が崩れ落ちてじたばたともがいているのを尻目に、クユミがとてとてと駆け寄ってくる。

「ああ……うん、見てたぞ。一応は技能評価対象でもあるからな……」

「そういうんじゃないけどな～」

「もっと実戦的なアドバイスしろってことか？　あのもがき方からして呼吸器官と神経を完全に破壊できてないから、動き出す前にもう少し観察した方がいいんじゃないか？」

「…………」

自分の血に足を滑らせながらもがく魔物に指を向けて、くいと曲げる。

首全体に一瞬で負荷が掛かり、ごきりと音を立てて完全に絶命させた。

「ああいうもがき苦しみ方を見て楽しむようにはなるなよ」

主人公パーティにサイコパスとかいたら困るしな。

世直しじゃなくて世壊しになってしまう。

「……それぐらい分かってるし」

今までの余裕を崩さない態度とは裏腹に、珍しくクユミはそっぽを向いた。

耳を赤くしている辺り、少し恥ずかしかったようだ。

「まあ……見せびらかすために、見栄え良く最速で動き出したんだろうけどさあ」

「はあ!?　わ、分かっててあえて言うとかサイテー！」

お前『！』つきでしゃべれたんだ。全部『♡』に変換されてるんだと思ってた。

憤慨した様子で、ぽかすかとこちらの脇腹を殴ってくるクユミ。

一瞬だけダガーを引き抜く動作を見せたのでそれだけ手で押さえると、満足そうに隅っこへと歩いていった。

え、今もしかして気を抜いてたら殺されてた？　本当に勘弁してくれ。緩急の付け方がハンター試験なんだよ。

「じゃあ次、シャロン……」

俺は次の魔物を連れてきて、シャロンの正面に配置する。

「分かった」

頷いた後、先ほどと同様に彼女は砲撃モードを起動し、魔力砲撃を発射する。

直撃を食らった魔物はその体の大半を消し飛ばされ、つま先だけが地面にへばりつくようにして残されるばかりだった。

「どう？」

「結構なお手前で」

「は？」

「凄いって意味だよ」

慌てて補足すると、そ、とだけ呟いてシャロンも後ろへと下がっていく。

おかしいな、魔物を殺すという行為に慣れてもらうための訓練なのに、異様に淡々と進んでいく。生徒なのに強過ぎない？　教えることほぼないいんだけど。

「じゃあ最後だけど……いいのか？」

手元の紙に評価をメモしながら、前に出てきたエリンへと声をかける。

「はいはーい」

箒を元の場所に戻して、大小二振りの太刀を腰に差したエリン。

ギャルギャルしい見た目と完全な武士道装備の落差がひどいなこれ。

「始めていいよ」

言うや否やだった。

ビキリ、と何かの割れる音が聞こえた気がした。

「横一閃《よこいっせん》ッ！」

視界を横切る形で、確かに一筋の線が閃《ひらめ》いたように見えた。

なるほど……最初から持っているアクティブスキル『横一閃《よこいっせん》ッ！』か。

魔物は上下完全に分かたれて、その場にべしゃっと崩れ落ちた。即死している。

初期スキルでこんな威力出たっけ？　レベリングした後に序盤マップの敵と戦った時みたいになってるんだけど。

「見事だな、体の動かし方が上手《うま》い」

「えへへ、こーゆーのあたしは大得意だからさっ」

むん、と力こぶを作ってアピールするエリン。

快晴の下、頬を伝う汗が健康的で美しい。何かのコマーシャルみたいだ。

「……あ」

だから、天気が悪かった、運良く晴れていた、としか言えないだろう。

彼女の首筋から、有色塗料が汗で剝がれた。

その下には多分一生消えないであろう傷跡が見えた。

「お前、それ」

「ん、ああ……隠しておけって言われたから」

言われたから隠していただけだと、彼女はあっさり言った。

「……訓練でついたのか」

「うん、あちこちに。でも、痛みで覚えるものなんじゃないの？」

「そんなわけあるか」

ソードエックス家《け》さん本当にどういう教育してんの？　加減しろ莫迦《ばか》！

「……でも、物覚えが悪いなら、悪いなりにやり方を考えるしかないって、そう言ってた」

「じゃあ、やり方を考えるのは今日から俺が一緒にしよう。俺から言わせてもらえれば、そのやり方をしていていいことなんて一つもないな」

「それは……」

「生徒が嫌がるやり方の時点で論外だ」

ハッと彼女は顔を上げた。口にしたことなんてないのにどうして、と瞳が揺れている。

思わず鼻で笑いそうになった。実家飛び出して冒険者学校に来たやつが何言ってんだ？

「今の君は俺の生徒だ」

「……うん」

「今までとは環境が変わって戸惑うこともあるだろうけど、できる限り君が望む環境に寄せたいと思ってる。それは教育の効率化のためだし、生徒に嫌な思いをしてほしくないからでもある」

お前の顔とかに傷がついてキャラデザ変わったら『2』が別の作品になってしまうんじゃよ。そんな重い責任は取れん。

既に傷だらけですけどとか言われてもここは譲れない。

あと、教え子が目の前で傷を負うことを教育者が容認することはあり得ないでしょ。

「俺は君の未来のことを考えて行動したいと思っている。だから君のやりたいこと、やりたくないこと、全部言ってくれ」

エリンはその揺れる碧眼《へきがん》に俺を映し込み、困惑の表情を浮かべた。

教師とは言え、俺は今、続編主人公の先行きを決めかねない立場なのだ。

下手に出過ぎるということはない。むしろ立って話しかけていいのだろうか。跪《ひざまず》いて話しかけるのが礼儀なんじゃないのか？

地面に膝をつくか悩んでいるうちに、エリンが恐る恐るといった様子で口を開く。

「い、いいの……？　やりたいこととか、何がやれるかすら、分かってないのに」

「あいつらにでも教えてもらったらどうだ？」

俺は並んでこちらを待っているシャロンとクユミを指さした。

「……でも」

「いいか、エリン」

当たり前にあるはずの自由の権利を、なんとしてでも否定しようとするエリン。

彼女の言葉を遮って、俺は静かに語りかける。

「君が信じられるようになるかは、これからの話として……ここに君の敵はいない。君の味方になりたいと思っているやつしかいないよ」

頭にぽんと手を置いて、苦笑した。

こんな世紀の大剣豪《だいけんごう》相手に、進んで敵になろうとするやつの方がおかしいだろ。

そう思っての発言だったが、エリンの顔は首から順番に真っ赤になっていき、最後には蒸気を噴き上げた。

「ぇぁ……そ、それだめぇっ！」

「うおっ！　あごめんこれセクハラか！」

ブォン！　と居合い切りが振るわれたので大きくのけぞって回避する。

抜刀から納刀までが速過ぎるだろ。コマ落ちしたのか？

エリンは恥ずかしさから逃げるようにして、シャロンたちの方へと歩き出そうとしていた。

「……ありがと、センセ」

「ああ。じゃあ授業はここまでだ、片付けは俺がやっておくから、休み時間に入っておきなさい」

ちらりとこちらを振り向いた後、エリンはすぐに前を向いて歩き出した。

ソードエックス家ではかなり酷《ひど》い目に遭っていたようだ。心のケアも必要かもな。

ひとまずは、同年代とのふれあいに預けてみよう。今までロクに接したことなさそうだし。

「……バカ共が」

思わず、ソードエックス家への怨嗟《えんさ》が低い声となって漏れた。

彼女がどれだけ大事な存在なのかを理解していない。

「ふう」

頭を振って、息を吸う。

怒りを呼気に混ぜて吐き出して頭を冷やす。

『1』にしろ『2』にしろ、最終的には主人公が世界を滅ぼそうとする存在（これ『1』と『2』で違う存在なの最悪過ぎるな）を完全に打倒して大団円を迎えることになる。

世界を滅ぼそうとする存在……まあ魔王みたいなものだが、それを二度と現れないよう倒すには、選ばれし者の力が必要なのだ。俺がタコ殴りにしても、死にはするると思うけどそのうち復活する。

俺は選ばれし者じゃない。

俺にできることは選ばれし者を育て、適切な環境へと導くことだけ。

俺に失敗は許されない。彼女たちの失敗は、つまりシナリオを知りながらもうまく行動できなかった俺のせいで世界が滅ぶことを意味する。

俺が知る限りでは、人類の味方をしてくれる選ばれし者はマリーメイアと、そして目の前にいるこの教え子――エリンだけなのだから。

「あ～……センセってホントばか。顔アツ……」

歩いていくエリンが小さくなにか呟いていたが、俺は結局三人とも迅速に魔物を殺せてたしチュートリアルなんか要らなくなってるんじゃないの？　あれ？　次の授業何すんの？　と恐怖に震えることしかできていなかった。

◇

ハルートが新天地として選んだ辺境の冒険者学校から遠く遠く――

王都のとある屋敷に、椅子に座り笑みを浮かべる緑髪の女の姿があった。

彼女は差し出された薄っぺらい本をぺしぺしと叩いた後、来客に顔を向ける。

「これが魔王復活の予言書ねえ……」

「はい。先生の著作と売り上げが競っておりまして」

部屋に入り来客用のソファーに腰かけているのは、彼女の著作『勇者の末裔の偉業～最強の冒険者ハルートの実績を読み解く～』の編集を担当した女性である。

「そこで売り上げを伸ばすために、色々お聞きできないかと」

メモ用紙を取り出して身を乗り出す編集者の姿に、女――ハルートと共に旅をした僧侶は笑みを深めた。

「いいよ、何でも聞いておくれ。ボクの知る限りは話すから」

「では早速……冒険者ハルートは、何故あなたという僧侶ジョブがいながらもヒーラーをスカウトしたんでしょうか」

「あははよく聞かれるよそれ、普通に無駄だよねえ」

ケラケラ笑う僧侶だが、不快に思っている様子はない。

「実のところさ、ボクは回復魔法なんか使えないんだよね。魔法使いは一応、マリーメイアが来る前には使うこともあったけど……でもマリーメイアが来てからはやっぱり使う機会なんてなかったよ、大陸最強のヒーラーだったんだから」

「先生は、回復担当ではなかったと」

頷いた後に、彼女は編集者へと問いかける。

「ボクが加入した後、最初にハルートが討伐した大物が何か分かる？」

「ええと、騎士ジョブを加入させるよりも前ということは……記憶が正しければ、『不死王ハイドワイアット』の討滅戦とお聞きしていますが……あっ」

「そういうことさ。ボクは対アンデッド族戦闘のためにスカウトされたんだよ」

通常の生物とは異なり、アンデッドの系譜に連なる魔物たちは単なる攻撃や魔法では殺すことができない。

そうした場合には、不死者に対して効果を有する特殊な魔法を使う必要がある。

「彼は最初から旅の途中で立ち寄る場所を決めていたんだけどさ、上級のアンデッド族とわざとなんじゃないかってぐらいぶつけられたものだよ。いや、わざとだったらしいんだけどね。『こんなにいたら困るだろ』って……」

他の人々が困るという理由で、死を超越した恐るべき存在たちに挑んだというのか。

冒険者ハルートの考えが、理解はできても共感できず、編集者はひそかに震え上がった。

「ボクにはボクの役割があって、それは他の仲間たちも同じで、すべての役割はハルートが定めていた。彼はあの二年半、恐らくこの地上の誰よりも合理性でしか生きていなかったということさ」

「……ではマリーメイアさんがパーティを脱退することとなったのは、その役割を果たせなくなったから？」

「まさか」

肩をすくめた後に、僧侶は耐えられないと言わんばかりに笑い出した。

「彼女で要求を満たせないのなら、ヒーラーという役職の概念を変えないとだめになっちゃうよ」

「……だったら、どうして？」

「ハルートがマリーメイアに求めていたのは大きく三段階——孤独を知ること。孤独の中から仲間を作ること。そうやって知った愛と憎しみを元に、対魔王大規模魔法を習得すること」

は？　と編集者の間抜けな声が響いた。

僧侶はライバルとして知らされた魔王復活の予言書、人々の不安をあおるおどろおどろしい推測の並んだ本にゴミを見るような目を向けた。

「そういう、売れるために過激なことを言うだけの予言書モドキとは根底から違う。ハルートは、魔王の復活を確信していたんだ」

「……ッ！」

「そして君がそれを知ることは許されない。ボクが普段から親切だった分、今日はしゃべり過ぎなことに気づけなかったみたいだね」

僧侶がトントンと机を指で叩いた途端に、へにゃ、と編集者はその場に座り込んでしまった。

「じゃあこの低俗な予言書相手に張り合おうとはもうしないでね。あとハルートのことも個人的に探らないこと。いいね？」

「……はい」

命令に従う奴隷のように、ぼんやりとした表情ながら編集者は忠実に頷いた。

はあ、と嘆息して僧侶は窓の外に広がる王都を見やる。

（少しだけハルートの気持ちは分かるんだけどね。他の三人……騎士も魔法使いもマリーメイアも、

ハルートに頼り過ぎていたからさ）

むしろ彼女たちは、ハルートに役割を与えられたことそれ自体に喜びを見出《みいだ》していた節がある。

彼が何を考え、何を見据えていたのか。

そこまで考えを巡らせながら旅をしていたのは、自分だけだという自負があった。

（彼は色々と考える割にはバカなのさ。ボクは、それをよく知っている、ボクだけが、知っている……）

改めて顔を編集者へと向ける。

「ねえ」

「はい」

自由な思考を奪われた編集者の返事に、僧侶は美しい微笑を浮かべた。

世界の終わりの中でもしっかりと輝くであろう、見る者の心を奪うような貌《かお》だった。

「この休業期間の間に、彼女たちが自分を見つめ直すのなら大歓迎だ。仲間として、本当に大切に想《おも》っているんだから……でもそうならなかったら、かっさらっちゃってもいいってことだと思わないかい？」

◇

「此方《こなた》の力量を見誤ったな」

燃え盛る戦場の中で。

かつてハルートと共に旅をしていた女騎士は、魔物の死骸を視界一杯に並べながら吐き捨てた。

「異様な魔族の活発化……やはり、ハルートはこれを見越して此方たちに独自行動を命じていたか」

「貴様……ッ！」

人語を解する中級以上の魔族が相手でも、恐れることは何もない。

ただ愚直に敵を殺し、殺し、殺し、味方がいれば守るだけだ。

「それほどの腕前……人類の騎士は、国だの神だののために、ここまで高みへと至れるものなのか……!?」

頭から血を流す魔族が、恨めしそうに女騎士を睨《にら》みつける。

数秒の沈黙を挟んだ後に、美しい青髪を揺蕩《たゆた》わせて騎士は首を振る。

「別に？」

「は」

——はあ？　と疑問を呈する途中、一呼吸の言い切りすら許されず魔物の頭部上半分が切り飛ばされた。

「此方が忠誠を誓ったのは国家でも神でもない」

その騎士は、妾《めかけ》の子だった。

その騎士の母親は、魔族だった。

生まれ持った力が人類とは違うことから、屋敷の中に隔離されて過ごしてきた。

つけられた老執事がかつて騎士だったことから、暇つぶしに剣の手ほどきを受け続ける日々。

やがて老執事が死没しても、替えの人員は来ず、ただ一人で剣の腕を磨きながら暮らし続けた。

いつしか恐るべき半人の暮らす屋敷として、普通の人間は寄り付かなくなった。

普通でない者は、来た。

ある時は、その腕前を見込んで傭兵《ようへい》に誘ってくる者がいた。

自分のことを消費できる駒としてしか見ていないのはすぐに分かった。

二度目の来訪時に断れば、人でないのなら人のため、国家のためにその命を使うのが礼儀だろうと散々に口汚く罵られた。

ある時は、その力ではなく君を愛しているんだという男が現れた。

もし本当にそうであれば、と密かに心揺れていたが——優れた聴覚は、ある日屋敷の外で話し込んでいる男の、獣じみた強さの女を手懐《てなず》けて売り飛ばすという計画を聞き取った。

何度目かの来訪時に断れば、薄汚い半人が生きているのは我々人間の情けなんだぞと、本人は説得のつもりらしい言葉を放たれた。

もういいか、と思った。

屋敷を引き払い、本当に魔族のもとへと向かい、こんなに寂しくて悲しい場所からいなくなりたいと思った。

ある時、冒険者を名乗る男が来た。

来たというか買い出しの最中に急に話しかけてきた。

『見つけたぞ！　やっとこれでパーティ完成だ！　さあ行くぞ、旅の始まりだ！』

『……誰だ貴様は。まさか、此方に話しかけているのか？』

『ああ。おっと、こっちは僧侶と魔法使い。君は騎士だな、よろしく頼むよ！　俺はハルート、最強の冒険者になる男だ！』

『何を言っているんだ……？』

異様に明るい、ふざけた男だと思った。

自分が町民たちから露骨に避けられ、果実一つ買うのすらおぼつかないのが見えていなかったのかと疑った。

しかし男は、戸惑う余りに反応できなかったのをいいことに、手を摑《つか》んでブンブンと振り回してくるではないか。

『無論分かっているさ、君は友達がいないだろう！』

『……此方を侮辱するために来たのか？』

『うおっと凄い言葉間違えた！　違う違うスカウトしに来たんだよッ』

手を無理矢理に振り払ってから、怪我をさせていないかとハッとした。

しかし男は平然としていた。馬よりも力強い女に振り払われたのに、ちっとも痛くなさそうだった。

むしろその力強さに笑みすら浮かべ、自分は間違っていなかったと仲間たちに言っている。

『俺はこれから最強のパーティを目指して冒険をする、そのためには君の力が必要だ！』

『……そうか。力が必要か』

女騎士は薄く笑みを浮かべた。

即座に魔法使いと僧侶が男の前に飛び出すほど、その笑みには怒りと殺意が載せられていた。

『この力が。魔の血が流れた忌まわしき体を欲するのか』

『……え、何？　エロい意味、か……？　全年齢だよな？』

『ちっ、違うに決まっているだろうが愚か者！　不埒《ふらち》な理由でなく、この力が、人ならざる力が欲しいんだろう!?』

ぐわっと怒りをあらわにする女騎士に対して、ハルートという男は数秒黙った。

それから真面目な表情で彼は口を開いた。

『うん、必要だ！　魔族の血が流れているから何だ？　理由があって強いんだ、何も悪くないだろう！』

『――――』

言葉を失った。

『それに、人とあまり会わないと聞いていたから心配していたが、コミュニケーションはばっちり取れるじゃないか！　素晴らしい、非の打ちどころがないぞ！　もう最強のパーティの座は決まったようなものじゃないか、ハハッ！……じゃねえやクハハハハッ！　二人とも、いや三人とも！

今日は祝い酒しかないぞう！』

『なんで話決まった前提で進められるんだい？　ま、彼女の顔を見れば決まりでいいだろうけども』

『この人、本当に馬鹿なんです。本当に、すみません……』

……彼が一人で盛り上がっている間、僧侶と魔法使いの二人は、あっちゃ〜と言わんばかりに顔を覆っていた。後になればすぐ分かった。恐らく彼女たちにはこの展開が見えていたのだろう。

『此方が……必要？』

『そう、君が必要だ！　俺と共に最強の座へと至ろう！』

その日のことを、会話を、女騎士は一言一句違《たが》わず思い出すことができる。

人間と話したのは、多分あれが初めてだった。

人間と友達になったのは、多分あれが初めてだった。

「……初めて、必要とされたんだ。一部を切り取るのではなく、此方そのものを。貴様らには永遠に分からんだろうさ」

物言わぬ骸《むくろ》となった魔族たちの前で、女騎士は剣を取りこぼし、熱を持った自分の両頬を触る。

上気した貌は血と炎と死に満たされた場の中で、一番星のように輝いていた。

「フフッ……ハルートのやつ、此方が我慢強い女で助かったな？　お前が此方を必要とする以上に、此方はお前が必要だというのに、酷い男だよ」

第二章　選ばれなかった男

教師初日をなんとか終えた後。

俺は割り当てられた校舎すぐそばの職員寮の一室にて、ベッドの上で丸まっていた。

「つ、疲れた～……」

流石《さすが》に初めての環境に身を置くと疲労が段違いだ。

前世での転職直後を思い出す。

しかしまあ、俺は失うものなんて何もない状態だからまだマシだろう。

「マリーメイア、大丈夫だろうか……」

俺なんかに心配する資格はないのだが、ぼそりと言葉がこぼれてしまった。

他の仲間たちからもそこはひどく心配されていた。俺は一人で生きていくだけの力はあるだろうと言ったものの、いまいち納得を得られなかったものだ。

やはりというべきか、前からいたパーティメンバー三人にはある程度の事情を話すことになった。

前提として魔王が復活することも伝えたのだが、あいつらよく信じたよなあ……

そんなことを考えていると、コンコンとドアをノックされた。

この職員寮に住んでいるのは俺と教頭先生しかいない。

つまり何か怒られ案件の可能性がある。

「はーい」

何かまずかったかなと怯《おび》えながら、恐る恐るドアを開ける。

「こんばんは」

首にタオルを下げた寝間着姿のシャロンがいた。

つやつやの黒髪からは湯気が上がっている。

「………えっちょっ待っ」

「質問があるの」

「あ、はい」

俺が何か言う前にずかずかと部屋に入ってきて、彼女はベッドに腰かけた。

「え？　ちょっと待って、お前ここに暮らしてるわけじゃないよな？」

「私たちは二階の部屋よ」

なんで職員寮と学生寮が合体してんだよ！

普通に考えてありえねえだろうが！

「それで、質問していい？」

「あ、ああうん……まあいいか」

シャロンはぱたぱたと足を動かしながら、椅子に座った俺を見つめる。

「出力をもっと引き上げていいって言ってたけど……校舎がもたないと思うの」

「それはそうだな」

言われてみて、確かにそれはそうだなと思った。

それはそうだな以外に言うことがない。気づけよ俺。

「だから結局、低い出力の練習もした方がいいと思って」

「そりゃ、どっちもするに越したことはないけど」

意外だな。

てっきりシャロンはそういう、他人に合わせる行為を嫌っているんだと思っていた。

「だから、髪」

たった一日で生徒が成長したことに感動していると、彼女は自分の黒髪を指さした。

「え？」

「自分だけでやると、多分だけど、自分がいなくなっちゃうから……」

どういうこと？　アイデンティティを喪失してしまう的な話？

「ほら、あの火力でやったら……」

「あ、ああ、なるほどね。魔法を使って乾かすってことか」

「練習にちょうどいいと思うんだけど、どう？」

確かにシャロンの黒髪は長く、乾かすのが大変そうだ。

いやこの子、訓練場を破壊するかと思ったあの魔法を自分に撃っちゃうかもしれないって言ってんの？　加減が利かな過ぎだろ、乾燥わかめがシンクから溢《あふ》れかえるタイプか？

「じゃあ、火属性と風属性を混ぜて温風を吹き付けて乾かす感じでどうかな」

「うん、やってみたい」

言葉を切って、シャロンはじっと俺を見る。

え、どうしたらいいんだ。

「だから一緒に魔法操作して、乾かして。出力の調整の練習としてさ」

「えぇ〜……？」

一緒に魔法使うって、それ結構密着しないといけないやつだよね？

原作ゲームのシナリオで、マリーメイアが攻略対象と密着した状態で回復魔法を発動させて相手をドキドキさせてたやつだよね？

荷が重い。ちょっと重過ぎるかも。

クズ勇者ハルートとして駆け抜ける日々だったから、女性耐性がないんだよ。あれこれ一文で矛盾してね？

「早く」

「ちょ」

シャロンは俺の膝の上にぽすんと座って手を取ると、火属性魔法と風属性魔法を発動する。

瞬間的に威力を感じ取る。魔物をこんがり美味《おい》しく焼ける炎と、家屋を一つ吹っ飛ばせる暴風が生成されそうになっている。

二つを組み合わせれば、この寮がなかったことになる威力を発揮できるだろう。

「馬鹿なん!?」

魔力を無理矢理こちらにかっさらって、出力を絞る。

こいつ本当に加減下手だな!?

「こ、こんなもんだな。感覚として覚えられそうか？」

なんとか温風を仕上げて、シャロンの手のひらから黒髪へと吐き出させる。

「……発動するときの魔力の量、小さ過ぎて分からないかも」

「えぇ……」

普段バカ火力ばっか撃ってんだろお前……！

「～♪」

こちらが呆《あき》れかえっている間にも、彼女は俺の手を触りながら、気持ち良さそうに目を細めた。

ちょうどいい温風を使うのは初めてなのか、やたらと機嫌が良さそうだ。

「部屋、勝手に来たらまずかった？」

「いや……冒険者時代は、みんな理由をつけて部屋に来たりはしてたよ。慣れてるから大丈夫だ」

来てたのは事実だが、本当は全然慣れていない。

今も舌を噛《か》まないよう必死だった。

「…………へえ？」

そんな俺が実に情けなかったのか、シャロンの目には明らかな侮蔑の色が宿るのだった。

◇

昨晩はシャロンの残り香が部屋に充満していて最悪だった。

だが教師として、そんなものをいちいち意識しているわけにはいかない。

前世基準で考えれば、生徒相手に欲情する教師は生きていてはいけないゴミクズなのだ。

気を引き締めていこう、と頬を張って教室への廊下を歩く。

「………………」

曲がり角に差し掛かったところで、一度足を止める。

俺はフッと息を吐いてから、即座に加速した。

「あいった～♡　せんせいってば廊下で生徒にぶつかるなんてサイテー♡」

「残像だ」

「……ッ!?」

曲がり角の向こう側にめちゃくちゃ上手に潜伏しているやつがいるな、と思ったらお前かよ。いやお前しかいない。

わざとらしく、足を開き正面からスカートの中が丸見えになるよう倒れ込んだクユミの背後に立ち、俺は肩をすくめた。

「え？　え？　意味分かんないんだけど。残像にぶつかれるわけなくない……？」

「お前の体がぶつかったと錯覚するようにした」

「……魔法使った？」

「使ってない」

鍛えればできるようになる。

「というか多分この辺の技術は、最終的にはクユミの方がうまくなると思うけどな」

「……アハ、何それ意味分かんないんだけど♡」

遊びがいのある玩具《おもちゃ》を見つけたとでもいうかのように、クユミの声が跳ねる。

「とにかく、いたずらは満足したか？　途中までは一緒だから行くぞ」

「うん♡」

差し出した手を取って、クユミが立ち上がる。

素直に頷《うなず》かれると可愛《かわい》いな……

「気配を感じ取ったの？　どうやって？　やっぱり肌感覚？　それとも目？　どのみちキモ過ぎなんだけどね♡」

可愛いと思ったけど勘違いだった。

すごい貪欲さで強さの理由を知ろうとしてきている。メスガキで優等生だ。

「俺の場合は複合しているけど……知り合いは、気配を目で感じ取るって言ってたな。違和感とかが視覚情報として落とし込まれるんだとか」

「ふーん？」

「クユミだって目の使い方はうまいだろ。曲がり角越しに、完璧にタイミングを合わせられてたし。

正直、クユミほど見えるやつはそういないと思うぞ」

「キャハハ、せんせいってばもしかして分かってないの？」

人をからかうような笑みを浮かべるクユミに対して、俺は頬をかいた。

「いや、分かってる。一番目がいいのはエリンだろう？」

「……！」

忘れるはずがない。『2』の主人公の一人であるエリンの最大の特徴。

太刀《たち》二本を用いた超高速近接戦闘——というのはバトルパートでのお話。

シナリオ面でエリンがその猛威を振るっていたのは、彼女が両目に持つ魔眼《まがん》の存在が大きい。

……いやこれ解放された後はパッシブスキルになってすべての行動にプラスの補正かけつつ敵の潜伏に対する察知精度が爆上がりするから戦闘面でもめちゃくちゃ強いスキルではあったんだけどもね。

ただいかんせん、エリンはアクティブスキルである『横一閃《よこいっせん》ッ！』×2↓『縦一閃《たていっせん》ッ！』×2でSPゲージを貯《た》めて『縦横無尽《じゅうおうむじん》ッッ！』を打つというムーブを繰り返していると大体の敵を倒せるので、魔眼《まがん》の恩恵を実感する機会は少なかったのだ。

エリンのセリフが音MADに出てくると大体それしか叫んでなかった。

「……嫌んなっちゃうよね、魔眼持《まがんも》ちで刀使いでさ」

「ああ……お前からしたら、天敵か」

「そうそう、潜伏を自動で看破するなんて反則だよね～」

言われてみれば、確かにエリンとクユミのパワーバランスは、素質だけを見るのなら確定されている。暗殺術では、王道の剣聖《けんせい》には絶対勝てない。

「じゃ、せんせい後でね」

ちょうどその時階段に差し掛かった。

「ああ」

「また楽しませてね、せんせい♡」

チュ、と投げキッスをして、クユミはきゃーっと叫びながら軽快に階段を上がっていく。

通学かばんをリュックのように両肩に引っかけた、その小さい背中をぼうっと見つめながら。

俺は腕を組み、その場に立ち尽くした。


——投げキッスされた！？！？！？！？！？　俺妊娠したかも……


あ違《ちげ》ぇこれじゃねえ。

俺は咳払《せきばら》いをした後で腕を組みなおし、その場に立ち尽くしなおした。


——クユミってこのタイミングでエリンの魔眼《まがん》のこと知ってたっけ？

◇

木々が生い茂る深い闇の奥底。

人里から遠く離れたそこで、憎悪が形を取る。

「……ハルート、ハルートめぇぇぇぇ……！」

体につけられた傷を指でなぞり、両眼に憤怒の炎を灯《とも》す闇の住人。

「あの魔眼《まがん》のガキ共々……！　許さん……！　陛下に誓って、やつらだけはこの手で……！」

小さく、今にも消えてしまいそうだが。

確かに一つの影が、忍び寄る。

◇

教師生活を始めて、数日が経過した。

「ほら、先生、ちゃんと集中して」

俺は今、訓練場でシャロンとベタベタにくっついていた。

教師としては詰んでるっぽい。

誰か俺をクビにしてください。

「へえ……これぐらいの出力がいいのね」

得物である突撃槍《とつげきやり》を砲撃モードにして、シャロンは伝達されていく魔力量を確認して頷く。

俺と彼女の二人がかりで槍を支えているような光景だ。ケーキ入刀と言えば分かりやすいか。

分かりやすさのためにもっと大事なものを捨てているような気がするが……

「エリンちゃんってば寂しがってるの分かりやす過ぎ♡」

「ちょっと、脈読まないでよ」

「ううん、顔に書いてる♡」

「むー……」

背後ではエリンとクユミが何やら喋《しゃべ》っている。

視線がずっと背中に突き刺さっていて、もう物理的に痛い。

そりゃこんな最終決戦専用ポーズを授業中にしてる教師、見たことないだろうしな。

「先生、試しに撃たせてもらってもいい？」

「あ、ああ」

訓練場の仮想ターゲット表示機能を立ち上げる。

シャロンはぐっと俺に顔を寄せると、意思伝達でトリガーを引いて砲撃を放った。

直撃と共にターゲットが叩《たた》き割られ、貫通した砲撃が訓練場の壁を焦がす。

反動で黒髪やら制服のスカートやらがはためいた。

「これぐらいならちょうどいいってこと？」

「平均値よりは少し……結構、いやかなり上ではあるんだけど、調整できるようになったっていう進歩を喜ぶべきだろうな」

「それ私がいないところで言うべきでしょ」

くすくすと笑いながら、シャロンは突撃槍の砲撃モードを終了する。

「ありがと、先生」

耳元でウィスパーボイスで囁《ささや》かれ、びくっと肩が跳ねた。

距離感が明らかにおかしい。こいつがゾンビだったら俺感染してるよ。

「じゃ、じゃあ次は……クユミか？」

「せんせい～、おなか痛いからシャロンちゃんに付き添ってもらって保健室行ってきま～す♡」

顔を向けた瞬間にそう言われ、俺は眉根を寄せた。

「え、健康そうに見えるけど」

「女の子には色々あるんだよ、そんなのも分からないからせんせいはざこなんだね♡」

はい……すみません……女の子のこと分かりません……

言い返せなくなってションボリする俺を見て、クユミはきゃはっと笑った。

俺相手に取るべきポジションを完全に理解している。

まずい。このままでは一生頭が上がらなくなる。

「じゃ、シャロンちゃん付き合って～♡」

「……ハァ」

溜息《ためいき》をついて、シャロンは目を白黒させているエリンの片足を軽く蹴った。

「いたっ、何すんのシャロン」

「クユミはお膳立てしてあげようと言ってるわけ。頑張りなさい」

「ええええっ!? な、何が、何を!?」

「いいから……」

何やらごちゃごちゃと話した後、シャロンとクユミは軽やかな足取りで訓練場を後にした。

絶対に仮病だったな。次からは注意するべきなのだろうか。

でもクユミ、実技基本的に満点だから注意しにくいんだよなあ。

「う、うぅ……」

「じゃあ、エリン。ちょっとこっち来てくれるか?」

「あ、う、うん!」

二人に取り残されたエリンは、大小の太刀二本を腰に差して、もじもじしながら近づいてくる。

何をテンパっているのかは知らないけど、相手の意識を掻《か》い潜《くぐ》る歩法で距離を詰めてくるの、心臓に悪いからやめてほしい。瞬《まばた》きしたら間合いが詰まってるのおかしいだろ。

この歩くブシドースタイルがよ。

「とりあえず君の場合は、シンプルに色々な経験を積んでいってほしいんだ。今回はターゲットを複数出してみるから、最速で全部斬ってみよう」

俺が操作すると、ヴンと音を立てて魔力を編み込んだ仮想ターゲットが姿を現す。

横軸も縦軸もズラして配置した。

「………うん」

的を認識した刹那に、エリンの頬から赤みが引いて、両眼に冷徹な光が宿った。

冷たい炎とでもいうべきか。

彼女は死地においてこそ本領を発揮する存在というわけだ。

「じゃあ、始め」

「ッ！」

剣が閃《ひらめ》いた。

即座に発動した『横一閃《よこいっせん》ッ！』×2が、普通にターゲットを全部真っ二つにしたのだ。

えぇ……

「ど、どうかなセンセ！　結構上手だったくない!?」

「めちゃくちゃ上手というか、上手を超えた超絶技巧というか」

今のをやらせないために配置を結構難しくしたのに、普通に突破されたんだけど。

ていうか一発目のアクティブスキルは普通に打ったけど二発目は無理矢理に途中で軌道曲げてなかった？

本来の『横一閃《よこいっせん》ッ！』は文字通り横薙《よこな》ぎの斬撃だが、稲妻のようにジグザグに刃が閃くのを確かにこの目で見た。えぇ……？　何してんの……？

「……今の、いつ思いついたんだ」

「え？　うーん、ここ立ってから、かなあ」

天才オブ天才。天才を集めて殺し合わせた生き残りなのかもしれない。

本当にすご過ぎるんだけど。かなり喜ばしいんだけど。

反面、怖い。なんでこの時期にこんなに強いの？　なんで？

「合格、というか満点だな……ちょっと他のパターン組むから待っててもらえる？」

「うん、いーよ」

快活に返事をしてくれたエリンは、その場にしゃがみこんで木の枝で地面をひっかき始めた。

……これどうしたらいいんだ？　別のアクティブスキルである『縦一閃《たていっせん》ッ！』を使ってもらおうかなと思っていたんだけど、全部『横一閃《よこいっせん》ッ！』で解決されそう。

「ねーねー、センセ」

「うん？」

頭を抱えていると、地面を見つめたままエリンが声をかけてきた。

こいつ授業中に教師相手に雑談を仕掛けるとか本気か？　別にいいけど。

「センセはさ、二年半……だっけ、冒険者してたんだよね」

「あのパーティではね。マリーメイアが加入してからとか、仲間を集める前とかの時期も含めるともう少し長いよ」

「じゃ、冒険者になる前は何をやってたの？」

「エリンが聞いていて面白そうな話は、正直仲間と出会う前は何もないなあ。ていうか仲間と……特に魔法使いと会う前の俺って、正直思い出したくもないというか」

「えっ、あ、そ、そーなんだ……」

「ああ違う違う、嫌な思い出があるとかじゃないんだ」

端的に言うのなら、時間をずっと無駄にしていた。

やるべきことを見定めることができず、自分の領分を理解できず、日々を無為に浪費していた。

「じゃあ、聞きたいんだけど……その、何してたの？」

「魔王を自力で殺せないか研究してたんだ」

え、とエリンが口をぽかんと開けた。

魔王は強い。単純に強いだけではなく、生物としての格が違う。

強い人間とか、強い魔族とか、そういうのとは比較することすらできない。

だからこそ、魔王を討つ資格を生まれ持った者、つまり選ばれし者でなければ完全に抹殺することはできないと、シナリオチームが明言している。

それでも、マリーメイアが戦わなくてはいけないことを、認めるわけにはいかなかった。

「王国が保有する最大規模の戦闘要塞、サウザンドアイズのことは知っているか？」

「う、うん」

「サウザンドアイズっていう名前のもとにもなった、千個の魔力圧縮レンズを用いた超高火力圧縮魔力砲も分かるね？」

「なんか……都市一つを焼き払える、っていうやつだよね」

他国からはこれを所有しているというだけでめちゃくちゃに文句を言われることとなった、何のために作られたのか正直分からないおバカ兵器である。

戦争に使うにしてもオーバーキル過ぎる。国際条約の概念があったら真っ先に新規建造を禁止された挙句、解体の憂き目にあっていただろう。

——でも原作ゲームでは、満を持して放たれたその砲撃は、魔王を殺せなかった。

「あれを超えようとしたんだけど、ちょっと超えたぐらいが限界だったんだよね」

「…………」

直撃させたのに殺し損ねた代物のちょっと上。

完全抹殺には程遠い。まったくお話にならない。

かなり絶望した。才能はあると思うし努力もしてきた。それでもこのゲームの世界においては、資質を持っていなければ、まず決戦場に上がることすらできないのだ。

もちろんそういう大規模殲滅《せんめつ》攻撃は俺の本領ではない。近距離戦闘が本職だ。

だから俺は、魔王を場当たり的に殺し続けることこそできるだろうが、完全に殺し切ることができない。いつか寿命で死んだ後に魔王が復活して、俺がやってきたことは意味がなかったんだと証明される。

結局のところ、俺は、マリーメイアやエリンに託すしかないのだ。

だからお膳立ては全力でやり遂げた。ふってわいた『2』主人公たちの処理は本当に悩ましいが、普通に教師をしていれば問題ないだろう。

「そこまでして魔王を倒そうとしたのは……魔族が、嫌いとか？」

「好きじゃない。でも嫌いだから殺したい、とかではないかな」

自分の正直な心情を告げて、しまった！　と叫びそうになった。

ハッと顔を向けると、地面を見つめるエリンの瞳はがらんどうで、光を映しこんでいなかった。

「……偉いね、先生は」

俺は知っている。ゲームをやったから、知っている。

エリンは……孤児だ。実の家族を魔族に殺された。

そして剣の才能を見込まれてソードエックス家に迎え入れられ、それから戦闘マシーンとしての訓練を受けていたのだ。

「あたしは、そう思えない」

彼女は魔族を憎んでいる。

だけど、ソードエックス家の修練に耐えられるほどの極まった復讐鬼《ふくしゅうき》にはなれなかった。

「あたしは全部中途半端で……センセのおかげで、今があるのに……」

空っぽの声で呟《つぶや》くエリン相手に、俺はかける言葉を持たなかった。

…………。

……………ん？

「え!?　ちょっと待ってくれ！　俺のおかげって何？」

「あっ」

かける言葉あったわ！　俺のおかげってマジで何??

◇

保健室へと向かう道の途中、階段の踊り場でシャロンとクユミは暇をつぶしていた。

サボりである。

「思ってた以上に強いねせんせい♡　でもキョドりまくってるし、王子様ってカンジじゃなくなーい？」

「それ言ってるのエリンだから。私じゃないよ、そう思ったことなんて一度もない」

「そーだっけ？　ま、ここに来た甲斐《かい》はあったかな♡」

「……クユミがここに来た理由は、思い出だっけ」

「うん、思い出がたくさん欲しいんだよね～」

「そっか」

シャロンは一つ頷いた。

簡素な相槌《あいづち》ではあったが、それがクユミにとってはうれしかった。

「せんせいだけじゃなくって、エリンちゃんとシャロンちゃんにも散々付き合ってもらうんだからね♡」

「はいはい……」

けだるそうにするシャロンだったが、唇は緩やかに弧を描いている。

「そーゆー意味だと、一番心配なのはエリンちゃんなんだよね～」

「だから先生と二人きりにしたの？」

「うん、シャロンちゃんとしては不服だったでしょ、ごめんね～♡」

「別に」

またまたあ、とにやにや笑うクユミに対して、分が悪いとみてシャロンは顔をそむけた。

からかい過ぎたかなと内心で反省しながら、暗殺を生業《なりわい》とする少女は話題を切り替える。

「じゃあ、シャロンちゃんはどうなの？」

「何が？」

「なんでこの冒険者学校に来たのって意味♡　家遠いでしょ？」

「……」

シャロンは自分の掌《てのひら》に視線を落とした。

ここに来る前の自分は――死んでいないけれど、生きてもいなかった。

生まれ持った魔力の資質のせいで、人生のすべてを決められそうになった。

年の離れた優秀な剣士と子を成させることで最強の戦士を作りたいと、そう言っている大人がいた。

魔族を焼き払うためではなく、富と名声を手に入れるためだ。同意する者もいた。

話はシャロンの意思を置き去りにして、まとまりそうになった。

でも、その話はなくなった。

勇者の末裔《まつえい》という男が、貴族たちにある話を持ち掛けたのだ。

――自分が最強になるから、余計なことはしないで自分たちに投資しろと。

その肩書と、貴族たちのもとへと来るより前に打ち立ててきた功績から、ひとまずみな彼に従った。恐ろしいほどに彼のやることはうまくいった。

ズブズブの関係となっていくのは自然の摂理だった。貴族が持て余す金を、男は自分の冒険や、魔族によって被害を受けた地域の復興に当てた。名声は高まり、自然と男の近くには金が集まるようになり、貴族たちはその金を拾うというサイクルが出来上がった。

シャロンを最強の戦士の母胎に仕立て上げる必要はなくなった。

忌まわしい形ながらも存在を認められていたシャロンにとっては、急に宙へと放り投げられたような気分だった。

少し経《た》って、貢献者として社交界に招かれたその男とシャロンは顔を合わせた。

『……そっちのせいで、迷惑を被った人間もいるんだけど』

『えっマジ？　なんで？　大丈夫？……じゃねえやクハハハッ！　知らんな、この俺の何が不満というんだ？』

『……嫌だけど、従うしかないと思っていた生き方が消えたの。だから、何もないのよ、今の私には。どうしろっていうの』

言いながら、あまりの情けなさに涙すらにじんできた。

そうだ、嫌がっているくせに寄り掛かっていたのだ。

自分の行く先を決められていることに、安堵《あんど》すら抱いていたのだ。

『……あーこれガチなやつか。えーと、そうだな。ここは別に本筋じゃないよな……なら』

勇者の末裔であるという、最強の冒険者。

絵本の中から飛び出してきた王子様のようなその男は、こちらの頭に手を置いて言い放った。

『君にとって大事なものを見つければいい、それまではまず、自分を大事にしてあげるんだ』

『…………!!』

『生き方を決めつけられるほどに、君には価値があるってみんな認めてたんだろう？　だったらその価値を、君が自分の意思で活用できたら、めちゃくちゃ凄《すご》いことができると思わないか？』

その言葉を、表情を、声を、すべてを鮮明に思い出せる。

今まで閉じていた瞳を開いたような感覚をシャロンに与えたのだから。

彼女の扱いは宙に浮いていた。

だから冒険者学校へ入学するというワガママが通った。

最強の冒険者がそこに教師として来たのはあまりにも、運命だった。

「……そう、ね」

それらを踏まえてシャロンは薄く笑みを浮かべる。

思わずクユミですら見惚《みと》れたほどに美しく、けれど嵌《はま》ればどこまでも沈んでいってしまいそうな恐ろしい笑みだった。

「人生の責任を取ってもらうため、かな」

◇

シャロンが過去に思いを馳《は》せていたのと、奇《く》しくも時を同じくして。

エリンもまた、ハルートの前で己の過去を思い出していた。

それは彼女が、エリン・ソードエックスが、まだ、ただのエリンだった頃。

どこにでもある、よくある話だ。

魔物は遭遇した人間を殺し、人間の文明を破壊する性質を持つ。

それは動物が特定の電気信号を流し込まれた際に特定の反応を返すのと同じで、意思を持った選択ではない。

だが、会話可能なだけの思考能力を持つ魔族は違う。

魔族は自らの意思で、狙い定めて人類を虐殺する。

エリンが住む村もまた、魔族の手によって炎に包まれた。

「ひ……」

彼女には父と母と弟がいた。

地獄を部分的に投影したかのような光景の中で、三人は血だまりの中に伏せている。

もう二度と動くことはない。

「あとは、お前か」

この光景を作り出した魔族は、殺した人々の軀《からだ》を踏みつけにして幼いエリンへと迫った。

助けなど、来るはずがなかった。

「ひ、いや、いや……！」

「そうだ、その顔だ。我々魔族は、貴様ら人間のその顔を欲している」

硬い表皮に覆われた長く鋭い指が、エリンの頬を撫《な》でた。

「人間は苦悶《くもん》に歪《ゆが》む顔が、恐怖に叫ぶ顔が、そして悲しみに涙する顔が一番美しい」

「馬鹿が死ね！！！！」

魔族が吹き飛ばされた。

「……え？」

ごろごろと音を立てて遠くへと消え去った魔族の代わりに、その青年が立っていた。

身に纏《まと》う白銀の鎧《よろい》。軽やかな茶色の髪。正義と使命感の炎を宿す澄み渡った双眸《そうぼう》。

絵本の中にしか存在しないはずの、悪をくじき善をなす白馬の王子様。

輝く剣を片手に、全身に神威の輝きを纏い、ただ一人であまねく闇を吹き払う圧倒的な存在。

「人間の泣き顔が美しいとか言ってるやつは全員死んだ方がいいだろボケカスが……って、生存者!? うおおおおいこっち来てくれ治癒魔法！ いや怪我はしてないか!? とにかく生存者一名！」

エリンはその日、この世界には善を諦めない人がいるということを知った。

◇

「……って感じで、あたしがソードエックス家に拾われる前に助けてくれたのがセンセなの」

訓練場に二人で座り込んで、向き合う形。

俺はエリンの話を聞いて、ダラダラと冷や汗を流していた。

思い出した。

数多《あまた》の集落に駆け付け、時には間に合い、時には間に合わなかった。

それでも全部覚えている。条件や犠牲者の特徴を聞けばピンときた。

確かに金髪の少女が一人だけ生き残った集落がある。

しかしそれが『2』の主人公とか思わねえだろ……ッ！

「……思い出して、くれた？」

「あ、ああ。覚えてる……弟が、いたよな」

当時は魔法使いしか仲間がいなかったから、エリンを彼女に任せ、集落の人々を俺が弔った記憶がある。

幼子も容赦なく殺されていた。純粋な喜怒哀楽（この場合は怒と哀のみだが）を見ることができるから、魔族の殺戮《さつりく》の対象として子供の優先度は高い。

「そっか、ちゃんと……生きててくれてたんだな」

「……ッ」

エリンは瞳を微《かす》かに潤ませて、ぶんぶんと首を横に振った。

「違う、違うよ……ソードエックス家に拾ってもらって、それでもあたしは……あたしは……」

「俺は君に、何かになってほしいから助けたわけじゃないよ」

エリンは最初からきちんと、俺に悩みを打ち明けてくれていた。

家族を殺されて魔族が憎いのに、ソードエックス家が掲げる大義のための刃《やいば》にはなれなかった。

復讐者になりきれない中途半端な自分が嫌いだと、だからすべてが嫌になって家を出て、ここにやって来たと。

「それでも、何かに、なりたかった……お父さんもお母さんも弟も、復讐を果たせって言ってる気がするのに……」

典型的なサバイバーズギルトの症状だ。

でも、それが何か強迫観念に近いモチベーションへとつながっているわけではない。

生きていることへの罪悪感はただ静かにエリンを蝕《むしば》んでいる。

「……エリン、それはすぐに解決できる問題じゃない。だけど、解決できない問題じゃない」

「……っ」

俺はマリーメイアや、彼女以外のみんなにも幸せになってほしいと思ってる。

そのためならクズ勇者の役だってまっとうできた。

魔王なんていうクソ野郎をこの手で世界から根絶できるならとっくの昔にしている。

だが……あくまで俺は、本物であるマリーメイアやエリンが通るための道を整備する存在。

俺自身が幸福になろうだの、おこがましい。

そんなことをしている暇があるのならもっとやるべきことがある。

………っていうふうに考えてるから言えることなんもね～～!!

あとエリンが立ち直ったりエリンが望んでいたりするような言葉は見当がつくし別に嘘《うそ》ついていいなら言えるけど、生徒相手に嘘つきたくないし、そもそもそれは根本的な解決じゃない。

俺に寄り掛からせる形で生きていくしかなくなる。

普通にダメだろ。

聞いたことねえよ、前作のクズに依存してる次回作主人公。どう考えても炎上だよ。

そんな謎過ぎる構図だけは避けねばならんと、俺はなるべく自分に責務がこないよう言葉を選びつつ、エリンに語りかける。

「本当になりたい自分を、これから一緒に考えよう。最初の授業でも、言っただろ」

「……それは、ギルドに提出するジョブのことでしょ？」

「ああ。でもそれとは別に、どういう冒険者になりたいかっていうのも大事な問題だ」

「……うん、そうだね」

納得したわけではないものの、理解はできた。

そういった様子でエリンは頷いてくれた。

……優しい子だ。相手の言葉をきちんと分かろうと頑張ってくれている。

そんな子を相手に、生徒に嘘はつきたくないと言っておきながら、俺はかなり大きい嘘をついてしまった。

エリンは記憶を語っている間、すごく辛《つら》そうだった。

当然ながらあまり思い出したくない出来事なのだろう。

人間の脳は精神を守るために記憶を改ざんしてしまうことがあると前世で聞いたことがある。

だから多分、エリンはきっと――

そもそも原作では俺なんかがいなくても、自力で魔族を撃退できた彼女は。

自分が魔族相手に立ち向かって手傷を負わせていたことを、忘れることに、したのだろう。

「……まあ、これからだよ、これから。エリンはこれからだから」

頭を振って思考を切り上げながら俺は言った。

それまでずっと沈んだ表情だった彼女は、そこでやっと顔を上げる。

「うん、ありがとセンセ……意外と、こういうの真剣に話してくれるんだね」

「意外とってなんだよ、意外とって。俺は威厳ある先生なんだからな」

フフンと胸を張る俺に、エリンは苦笑しながら手を振った。

「いやクユミちゃんにあそこまでやられ放題だし、センセに威厳なんか感じたことないよ」

「…………」

「あっ……な、泣いちゃった……！　ごめん今の言わない方が良かったよね！」

真実は人を傷つけるものだというのなら、今後は全身をオブラートで覆って生活した方がいいのかもしれないな。

今のうちにオブラートを買い占めておきます。あっこの世界にはないわ……

◇

放課後、シャロンとクユミは教室で物憂げにしているエリンを見て、今は一人にすべきだろうと判断したのかそそくさといなくなった。

取り残されたエリンは、寮へと向かう道を一人歩く羽目になっている。

日が沈み夜の帳《とばり》がおりつつある中で、ぼんやりとした自分の影が道に伸びていた。

（これから一緒に、か）

頭の中で、ハルートの言葉がぐるぐると渦巻いている。

ずっと自分を苛《さいな》んできた、こんな自分が生きていていいのかという問いかけ。

それは命の恩人であり、王子様で、憧れた男の人と改めて話して――少しだけ、軽くなった気がした。

（生きていて、いいのかな……）

けど、そう思えていることに、気が重くなった。

自分の現金さに吐き気がする。あこがれの人に優しくされただけで復讐の炎が弱くなったことが、軽薄に感じられる。

（……やだな。あたしこんなめんどくさいやつだったんだ。センセ相手に、凄いダルいことしか話してない）

教師はそれが仕事の一つではあるものの、命を救ってくれた相手の手を煩わせているであろうという推測は、エリンが肩を落とすには充分だった。

(明日からどうしよう。全部気にならなくなった、って振る舞うのが一番いいよね。でもセンセ、そういう演技見抜いてきそうだな……観察眼《かんさつがん》はキモいぐらいあるし……)

ようやく会えた憧れの恩人相手に過剰過ぎる接触を経た結果なのか。

恐らくシャロンと同様に、エリンもまた彼に対する言葉遣いがブレーキをぶっ壊してなれなれしいものになっていた。

(……あたしが、さっさと立ち直ればいいんだろうけどさ)

はあ、と重い溜息をついて、それからエリンはゆっくりと足を止めた。

「こんなに遠かったっけ」

随分と歩いていた気がする。

自分が思い詰めていたから、異様に距離を長く感じているのだろうか。

しかし周囲の様子を窺《うかが》っている時、突然彼女の背後で気配が膨れ上がる。

「……ッ、誰?」

振り向けば、夜闇に紛れ込むようにして影が一つあった。

ローブを着込んだシルエットだけがかろうじて見て取れるが、その全身から魔力が垂れ流されていた。

「流石にこの距離でも感知するか……久しぶりだな」

ローブを脱ぎ捨てた姿を見て、エリンは数歩後ずさった。

「な、なんで……!?」

「……覚えていたか。だろうな、忘れることもできんだろう」

あの日、エリンの村を襲った魔族。

忘れたことなどあるはずがない。瞼《まぶた》の裏にはっきりと焼き付いた忌まわしき仇《かたき》。

「……ッ」

「ほお？　思っていたより動揺しないな」

動揺は、している。

それを必死に自分の内側に隠しているだけだ。

「我々魔族は、人間が生きているのが許せないんだ」

「……あっそ。あたしは今の言葉が許せないけど」

「それは貴様が人間だからだろう」

嘲るような言葉を放ち、魔族が指を鳴らす。

その刹那、二人を囲むようにして半透明の結界が顕現した。

「遮断結界だ。あの男の介入を阻止するのは当然だろう」

エリンは逃げ出すことすら選択肢として与えられなかった。

あの日、家族たちを殺された時と同じだ。

人間と魔族の力関係はそういうものだ。

生物としての格が違うがゆえに、片方が片方をあまりにも簡単に蹂躙《じゅうりん》してしまう。

「その両眼、邪魔だ」

とっさに太刀の柄《つか》へと手を伸ばそうとする。

でも右手の震えがひど過ぎて、柄を握ることすらできない。

「陛下の復活のためには……あの忌まわしい勇者も大概だが。まずは魔眼使《まがんつか》いを処理する必要がある」

身勝手な言い分を聞いてもなお、エリンの体は反撃のために動き出そうとしてくれない。

（なんで……！　訓練してきたのは、こういう時のための……！）

家族たちの仇を前にして。

怒りも悲しみもなく、ただ怯えているだけ。

後ずさりながら、歯の根が合わぬまま。

残虐な笑みを浮かべて忍び寄る影を前に、抜刀すらできない。

（あたし、こんなに、弱いの……？）

絶望から視界がにじみ始めた。

その時だった。

キイイイイイイ！　と突撃槍が魔力をチャージする音が響いた。

「【砕くは星】【黄金の角】【荘厳の前に跪《ひざまず》き】【自ら目を潰すがいい】――放射《fire》」

詠唱を省略せず、純粋に解き放たれた威力が遮断結界へと真横からぶつけられ、完膚なきまでに粉砕する。

「え……」

「ほお？」

砕け散った結界の破片が、ダイヤモンドダストのように舞う中で。

エリンを庇《かば》うようにして、魔族の前に降り立った二つの影。

「これぐらい朝飯前……あ、時間的には、夜飯前？」

突撃槍を抱えたシャロン。

「遮断結界ざこすぎ♡　死ねよ」

両手にダガーを握ったクユミ。

二人はそろって、夜闇の中で不敵な笑みを浮かべる。

「なんで、二人ともここに……」

シャロンとクユミの背中を見つめて、エリンは呆然《ぼうぜん》としていた。

魔族が展開した遮断結界をなんてことはないかのように粉砕した二人は、油断なく魔族を見つめながら口を開く。

「じゃ、シャロンちゃん後衛でいいかな？」

「任せて。援護できそうな時に援護するから」

「はいはーい、でもまあ、エリンちゃんを見てるだけでもいーよ♡」

「分かった。気をつけて……って言う必要ないか。クユミのこと、全然心配しようと思えないし」

「ひっど～い♡」

軽口をたたきながらクユミが前に出る。

「邪魔立てするか、学生如《ごと》きが」

「その学生如きに遮断結界ぶっ壊されちゃったのはどこの誰だっけ～？」

「死ね」

乱雑に魔族の片腕が振るわれたと同時に、紫色の魔力を圧縮した切断光線がクユミめがけて放たれた。

「あぶな～い♡」

だがクユミは微かに顔を逸《そ》らしてそれを避《よ》けると、右手に持っていたダガーを投擲《とうてき》した。

バシュ、と音を立ててダガーが魔族の頬に浅い切り傷を刻む。

「わっ、カス当たりなんてクユミちゃん大反省なんだけど～♡　へたくそ相手してるとこっちもへたくそになっちゃった～♡」

「——死ね!!」

背中に折りたたんでいた翼を広げて、魔族が咆哮《ほうこう》を上げる。

「……ッ!!」

その光景に最も強く反応したのは、クユミでもシャロンでもなく、震えながら動けなくなっていたエリンだった。

（町に向かわれたら……！）

辺境の冒険者学校は山の中に作られており、周囲に村落の類は見当たらない。

だが飛行能力を有する魔族は、人間が使う馬車など比べ物にならないスピードで空を飛ぶことをエリンは知っていた。

もしもここで自分たちが逃がしてしまえば、最も近い町や村を襲うかもしれない。

そうなれば、きっと、炎の中で誰かが泣くことになる。

（……あんな思いをする人なんて、絶対にいちゃいけない）

エリンのまなざしに炎が宿る。

彼女の視線の先にいるのは、自分の大切なものを奪った恐ろしい存在ではなく。

これから人々を脅かすかもしれない、排除すべき脅威だと認識を改めた。

脳裏をよぎるのは、地獄へと塗り替えられた自分の故郷。

弱きものを蹂躙する強者が、こちらを嘲っている。

そんなことは、あんなことはもう絶対に――

「――させないッ！」

革靴の底が地面を砕く音。

それはエリンが、人類に出せる最高速度をはるかに超えたスピードで疾走を開始し、魔族へと斬りかかる合図の音だった。

「ぬう……っ!?」

とっさの反応で魔力を纏わせた右腕を突き出し、魔族がエリンの斬撃を受ける。

魔力の光と太刀の閃きが激突し、互いを喰《く》らおうと火花を散らした。

「小娘が！　家族の仇を討ちたいのか？　いいだろうやってみせろ！」

勢いづけて魔族が腕を振り抜く。

力押しに逆らわずエリンはわざと弾《はじ》かれ、空中で回転し姿勢を安定させた後に着地する。

「違う！　仇討ちじゃない……あたしみたいな子が、もう生み出されないように！」

魔族の全身から濃密な魔力が嵐の如く吹き荒れる。

人知を超えた光景を目の当たりにしても、エリンにもう迷いはない。

少女は戦う覚悟を決めた。まさしく、主人公に相応《ふさわ》しい一幕。

だが彼女は厳密にはまだ主人公ではない。

だから、彼女一人でできることには限界がある。

「じゃあせっかくだし、三人で一緒にしよっか♡」

吹き荒れる魔力の嵐をダガーの刃が断ち切った。

にひ、と笑うクユミだ。

「お前ェエエッ！　チョロチョロといい加減にぃぃっ……ごばっ!?」

怒りの形相でクユミへと襲い掛かろうとした魔族が、彼女たちの後方から飛んできた魔力砲撃をモロに食らって吹き飛ばされた。

そのまま林の中へと叩きこまれ、姿が見えなくなる。

「それがいいと思う。あいつ、エリンと因縁あるみたいだけど……一人でやれないのなら、友達を頼ってほしい」

クールな表情のまま、砲撃モードの突撃槍を抱えたシャロンが言った。

「わお、熱いこと言うねえシャロンちゃん♡」

「こう見えて、私は結構、友情を大切にするタイプだから」

「……こう見えても何も、シャロンがそういう性格なのは知ってるけど？」

「シャロンちゃん照れ屋だからね♡」

「は？　うっさ……じゃあチャージして撃つから、いい感じにして」

自分に分の悪い流れとなったことを察知したシャロンが、無理矢理に話題を切り替えた。

彼女はそのまま、砲撃威力を増大させるための詠唱に移行する。

「【砕くは星】【黄金の角】」

ガコン、と音を立てて、彼女の身の丈ほどあろうかという突撃槍が構造を展開する。

鋼鉄がこすれながらスライドし魔力を循環させ、甲高いチャージ音と稲妻状の過剰魔力を撒《ま》き散らす。

「【荘厳の前に跪き】【自ら目を潰すがいい】」

魔族は姿を現さない。ならば炙《あぶ》り出すのみ。

今回はいいよねと心の中の先生に謝った後、シャロンはトリガーを引く。

「――放射《fire》ッ！」

放たれた砲撃は光の奔流。

接触した木々を焼き尽くしながら進むそれは、燃焼速度が速過ぎるがあまり、片っ端から蒸発させているようにしか見えない。

「うおおおおっ!?」

哀れな悲鳴を上げて、魔族は砲撃から逃れるべく上空へと飛翔《ひしょう》した。

すっかり夜となった空にぽつんと黒点が二つ浮かぶ。

そう、二つ。ここまでの展開を完全に予期し、空中で先回りしてきた少女がいる。

「は」

目の前でにひひと笑っているクユミの笑顔を見て、魔族は凍り付くような感覚を覚えた。

それは魔族が人類相手に抱くことなどありえない、恐怖と呼ばれるものだった。

「友達に悪いことするやつに、容赦はしないよ♡」

ダガーが来る！　と両腕をクロスさせて防御を固めた魔族。

だがクユミはひらりと舞うような動きでワイヤーを展開し、魔族の体を拘束した。

「何を……ッ!?」

「対魔族用特殊素材ワイヤーだよ♡　カンタンには動けないと思うな～♡　そのまま死ね」

酷薄な言葉を吐き捨てて、クユミは両手に持っていたダガー二本を魔族の肩から胸部へと突き込んだ。

「があああああああああああああっ!?」

ワイヤーに身動きを封じられた魔族が悲鳴を上げながら落下する。

シャロンによって林を焼き払われた以上、逃げ場はどこにもない。

そして落下先では、唇を一文字に結んで精神を練り上げるエリンが待ち構えていた。

(そうだ、あたしは何もできなかったエリンじゃないし、大義のために振るわれるエリン・ソードエックスにもなれてない。今はまだ何者でもない、だけど!)

共に戦ってくれる友達がいる。

一緒に考えていこうと笑いかけてくれた人がいる。

だったら戦う理由はある!

「ソードエックス流、剣我術《けんがじゅつ》 式《しき》——縦一閃《たていっせん》ッ!」

真っ向からの唐竹割。

天空ごと引き裂くかのようなその一撃が直撃し、魔族は地面に叩きつけられ、動かなくなるのだった。

◇

戦闘の気配を察知して駆け付けた時には、もう悪質コンボが決まっていた。

三人のコンビネーションアタックだ。ボタン連打してると出るやつ。

「あ、せんせいおっそ～い♡」

駆け付けた俺の姿を視認して、クユミがくふふと笑う。

林……だった焼け野原に佇《たたず》む三人は、足元にふんじばった魔族を転がしていた。

「殺さない方が良かったよね」

「なんかあたしを狙ってたし。魔眼《まがん》のガキを殺さなきゃ陛下が～って言ってたよ？」

いつも通りにクールなシャロンと、一皮むけたのか、にははと笑いながら納刀するエリンの姿。

それを見て――冷や汗が止まらない。走ってきたからじゃない。

シャロンとクユミが少しでも遅れてたら。

魔族がもっと強い個体だったら。

「……センセ？　どしたのー？」

マリーメイアは……多分、大丈夫だ。通常プレイで死ぬことがないように訓練はめちゃくちゃやらせたし、心構えも叩きこんである。というか俺が関与しないだけでマリーメイアがその辺で野垂れ死ぬような世界ならもういいし。

だとしても『2』の主人公たちがなぜ、こんな大幅にズレたタイミングで、本格的な魔族との戦闘を経験する羽目になっている？

唯一の異物である俺という存在が関与してない、というのは楽観的過ぎる。

……考えるための材料がなさ過ぎるか。

今は、三人が生き残ったことを喜ぼう。

「ああ、いや。よくやったよ」

「あっ」

心配そうにこちらを覗《のぞ》き込んできていたエリンの頭に手を乗せようとして、動きを止めた。

これダメなんだったよな。あぶねえ。

「……えいっ」

とか思ってたらエリンが俺の腕をつかんで、髪をわしゃわしゃと撫でさせた。

「えっ」

「こ、今回は特別だから！」

耳を真っ赤にしながら言われては、大人しく撫で始めるしかない。

後ろには、ちょっとこちらを羨ましそうに見ているシャロンと、しょうがないなあと言わんばかりに肩をすくめるクユミの姿があった。

「はい、おしまい！」

満足したのか、エリンは俺の腕を解放した後に照れ臭そうに笑った。

「せんせい、戦闘遠くからでも見えてたでしょ？　どーだった？」

クユミに声をかけられ、一つ息を吐く。

最後にチラッと見えたクユミの動きは、ワイヤーアンカーを使って敵の動きを封じた後に両手のダガーを二本とも叩きこむという動きだった。

「ん、どしたのせんせい？　じーっとクユミちゃんのこと見つめちゃって、なに？」

記憶が正しければ、その動きってアクティブスキル『殺戮証明《マジェスティデリート》』だよな……？

それレベル65で覚えるやつじゃなかったっけ……？

推定60ぐらいと見てたけど先を行ってるじゃん……？

「んふふっ、もしかしてクユミちゃんに見惚れちゃってたかあ」

「いや、純粋に引いてた」

「純粋に引いてた!?」

衝撃を受けて、クユミはハートマークを投げ捨てて硬直した。

まあ理屈としては分かるからいいか。レベリングしまくっていたのだろう。

どちらかと言えば気になったのは別のことだ。

「三人とも、普段よりも動きが断然良かったな」

「あ、それあたしも思った。って、別にセンセの前で手を抜いてるとかじゃないからね!?」

「分かってる分かってる」

意識して何かの力を引っ張ってきたわけではないらしい。

ならば原因の予想はついた。

恐らく三人は、ノーブルリンクを発動していたのだろう。

ノーブルリンクとは、キャラクター全員が一定レベルに達しており、なおかつ高い友好度を持っている時に生じる特殊なコマンドだ。

個人個人のＳＰゲージとは異なり、全体で共有するノーブルゲージが半分以上溜《た》まっている場合に発動することができる。

効果は絶大で、全員の攻撃力防御力機動力といった基本ステータスへの補正はもちろん、アクティブスキル発動後のクールタイムもまるごと短縮される。そのため普段は繋《つな》がらないコンボができたり、コンボとコンボを丸ごと接続することができたりして、ＤＰＳが跳ね上がるのだ。

余りにも出し得過ぎるのでタイムアタック動画ではとにかく半分溜まった瞬間に吐くことを推奨されていたな。

ちなみに満タンまで溜め切ると全覚警察に逮捕される。

「その感覚を忘れないようにしろよ」

「うん、分かった……で、こいつどうしよっか」

俺たちの視線は、地面に転がされている魔族へと向けられた。

「見た感じは中級だろうけど、単独行動してるなんて珍しいな。名前は聞いたか？」

「ううん、聞いてない」

エリンのあっけらかんとした返事に、いいのか、と確認すべきかどうか分からなかった。

俺は元々知っている。何せこいつは『２』時間軸ではれっきとしたネームドなのだ。そりゃ主人公の村焼いてるからな。

問題はエリンだ。

仇と対峙《たいじ》し、打倒した。

それはいいが、こいつの名前すら知らないまま成し遂げてしまっている。

場合によっては、かつてエリンの故郷以外でも遭遇したことがあると嘘をついて教えてあげようかと思っていたが。

「……名前を覚える価値は、ないかな」

「そうか」

家族の仇相手にこれを言えるのか。

すごいな、エリンは。

「もう弔ってもらったし。今のあたしは、ソードエックスだから」

何か、自分の指針を見つけた後の声色だった。

生徒の成長って、教師の前じゃないところで起きるものなんだな。

俺が無言で頷き始めて、三人が『何に感動してるの……キモ……』と俺から距離を取り始める。

その時だった。

「う……」

ワイヤーで拘束されている魔族が、うっすらと目を開け、俺を直視した。

「あ、目ぇ覚めた？」

「ぎゃあああああああああああああああああああっ!?　ゆ、ゆ、ゆ、勇者ハルート!?　貴様がなぜここにぃっ……!?」

目が合った瞬間にこの拒絶っぷりである。

コミュニケーション能力が低過ぎるだろ。礼儀知らずがよ、流石に泣くぞ。

「なんでって言われても、いるものはいるんだからしょうがねえだろ」

「黙れッ！　め、迷惑なんだよ貴様はァッ！　なんでそんなに強いんだ本当に意味が分からん！

排除したくても排除できんのが本当に腹が立つ！　今ここで死んでくれッ！」

おいあんまマジレスばっかかしてくんな。本当に泣くぞ。

「クソッ……陛下のためには……！　魔眼《まがん》の小娘と、貴様という厄災だけは……！」

拘束された状態ながらも、魔族が自分の手のひらを爪で切り裂く。

召喚術を発動する際によく使われる動作だ。

直後、目の前で魔族が死んでいく。傷つくとか、そういう話じゃない。痩せ衰えるようにして、一瞬で死そのものへと引き寄せられていったのだ。

「……なるほど」

不気味な光景に生徒たちが後ずさる中で、俺は納得に頷いた。

こいつが単独で行動していた理由がよく分かった。

いわば、動く爆弾なのだ。勝手に人間を殺し回らせて、本当に強い敵と遭遇して追い詰められた際には、召喚術を発動して一帯に被害を与える。

こういう手合いを作るようになったのか、魔族も。

なら一番召喚されたくないやつを召喚してくるだろうな、というのも推測できる。

『…………呼んだか』

枯れ果てるようにして絶命した魔族の影から、別の影がにじみ出して形を作っていく。

偉大にして荘厳、あらゆる生命の敵対者。

いわば本体から切り分けられた影に近いだろう。

「……よくやった。後は俺がやるよ」

「え？」

前に一歩出た。

今回はちゃんと勇者モードでいかないとな、と思い、唇を開く。

「【瀆《けが》すは神代】【赤子の祈り】【我は愚かな殉教者】【零落を嘆くがいい】——発動《drive》」

発動するは俺のアクティブスキル。

全身の感覚がクリアになり、臓腑《ぞうふ》の底から悪に対する怒りと正義をなすためのエネルギーが無際限に湧き上がる。

『貴様は』

影が像を結ぶ。

直《じか》に対面したことこそないが、画面越しには散々出会い、お前を殺してきた。

このゲームの、『1』のラスボスである存在、すなわち魔王。

顕現しただけで世界が軋《きし》みを上げる。

背後で三人がへたり込む音が聞こえた。

「勇者の末裔、ハルート」

簡潔に名乗ると、向こうは目を細めた。

念のために持ってきていた剣を軽く振る。

訓練用に使いこまれた、切れ味の悪い剣。

『勇者の末裔、か。あの女の子孫と聞き納得がいく。その目、顔、似ている。なれば——殺したい。

殺させろ、目を抉《えぐ》らせろ。忌まわしき仇敵《きゅうてき》よ、ここで果てよ』

「馬鹿が死ね」

ぞんざいに剣を振るった。

放たれた神秘の光が、魔王の影の上半身を消し飛ばした。

貫通した光の束が別の山の山腹に命中し、ちゅどーんと音を立てて大爆発を起こす。

やべ……人がいないのは知ってるけど動物とかいたか？　申し訳ねえな……

「「「……ぇ？」」」

背後で生徒たちがひきつった声を上げた。

目の前で、魔王の影がうじゅるうじゅると音を立てて再生していく。

分かってはいたが、やはり殺し切れないか。

……俺は選ばれし者じゃない。

魔王相手に瞬間的には勝てても、魔王から世界を救うことはできない。

それが所詮は本筋に関われない転生者であり、どうしようもないクズ勇者でもある俺にはお似合いの結論だ。

まあ影なら再生は有限だろうし、死ぬまで殺し続ければ問題ないだろう。

今だけは少し役に立つ。その事実は微かに心を躍らせる。

俺は肩に剣を載せて、背後を振り向く。

呆気《あっけ》にとられる次の世代の主人公たちへと、精一杯カッコつけて笑みを見せた。

「俺、通常攻撃で剣からビームが出るんだよね」

その言葉を聞いて数秒ぽかんとした後、三人の生徒たちが口を開く。

「……いやそこじゃないけどヤバいところは!?」

「山に謝った方がいいと思う」

「加減ざこすぎ♡　大は小を兼ねない♡　そういう繊細さのないところがモテない秘訣《ひけつ》♡」

ボロクソ過ぎて俺は泣いた。

◇

クズ勇者ハルートは、内部解析によっていくつかのスキルを持つことが判明している。

彼の戦闘シーンを拝むことは、様々な事情によって叶《かな》わない（というか戦闘モーションが存在しない、手下を全員倒すと怯えるハルートに直接攻撃できるが基本一発で終わる）のだが、スキルだけはあるあたり直接戦闘の構想はあったのかもしれない。

リソースの無駄とプレイヤーたちからは嘲笑されたそのデータだが、それがあったことで俺は戦えている。本当に開発陣には感謝。まあ最終的にハルートを一般芋虫モンスターの色違いバトルグラにしたのはやり過ぎだと思ってるけど。

ともかく、俺はその作中で一度も使用されなかったスキルたちを育てて使用している。

最も活用しているのは、今も発動させているアクティブスキル『救世装置《きゅうせいそうち》（偽《ぎ》）』である。

これは手に持った物体を俺が武器と認識した場合に、その物体は勇者の剣であるという認識の上書きを行う代物だ。

当初は認識の上書きではなく属性の付与だったため、勇者の剣として能力を行使すると武器が数秒で蒸発してしまうというカススキルだったものの、俺自身のレベルが上がるにつれて現在の形に落ち着いた。別に得物の見た目は変わらんけどもな。

ともかく、何事も諦めなければ事が上手《うま》く進むものである。

「……ということで、訓練用の剣だけど、今はこれ勇者の剣なんだ。光が出たり入ったりする」

「出たり入ったりする余波で山が壊れたんだけど!?」

ざっくりした説明をすると、エリンがいの一番に悲鳴を上げた。

まあぶっ壊れスキルだよなこれ。原作ハルート、お前もうちょい真面目にやっとけよ。

「さっきみたいに乱暴されたらこっちがもたないんだけど♡」

「クユミその言い方二度としない方がいいよ……さっきはとりあえず強めに撃ったけど、出力をきちんと絞ればこうなるんだよな」

俺は勇者の剣を地面に突き立てて、神聖な輝きを垂れ流している。

厳密には地面ではなく、魔王の影が出現した場所だ。

つまり絶えず再生しようとする魔王の影を、片っ端から聖なる光で焼き続けていた。

「なんか対応慣れてるけど……もしかしてセンセって、前にも遭遇したことがあるの？」

「前に戦った時は上級魔族で、もっと死にかけの状態で影を召喚しようとして……失敗して変なキメラみたいなのになってた。成功されたのは初めてだ」

魔王の影を呼び出された瞬間は結構焦った。

確かこれ、設定上は、召喚術を発動した術者の魂そのものを生贄《いけにえ》に捧《ささ》げる超高度儀式なのだ。

行使したのが中級魔族とはいえ侮るわけにはいかない。

前世の西暦世界風に説明すると……小石を窓に投げつけたって割れるかどうかは怪しい。

だが小石分の質量をすべてエネルギーに転換すると『$E=mc^2$』の式に従って大変なことになる。

魂そのものをエネルギーに転換するというのは、それぐらい元の存在の規模に関わらない大規模儀式として成立するのだ。

つーか魔王の影って『1』で魔王が復活する直前ぐらいにバシバシ出てくる、ラスダンにいるやたら強い敵みたいな立ち位置のはずなんだよな。

チュートリアルのチュートリアルみたいなタイミングで出てきていい敵じゃないから。

「……前は失敗していたが、今回は成功していたってことなら」

「向こうも色々と進んでるんだね♡　キモ過ぎて最悪かも♡」

シャロンとクユミの言葉に、重い溜息がこぼれそうになる。

中級魔族がこれを使えるの、普通に政府に報告しないとまずいよなあ。

とはいえ今回はエリンの暗殺が任務だった特殊な個体だろうけど……

「えっ」

エリンが俺、厳密には俺の奥を見て口をぽかんと開けた。

振り向きざまに剣を振るい――魔王の影が両腕で俺の斬撃を受け止めた。

スパークが互いの顔を照らす。

長い白髪。男とも女とも取れる中性的な顔。

闇そのものを纏ったかのような、不定形の衣装。

「どうやって転移したんだよ!?」

『地中を潜り我が一片のみを逃れさせ、そこから再生した。酷《ひど》いことをするじゃないか』

酷いのはお前の存在だよ。

俺は大きく魔王の影を吹き飛ばして、背後に声を飛ばした。

「クユミ、二人を守りつつ逃げろ」

「カッコいいこと言っちゃって♡　大人ってこういう時、カッコつけないとダメなの?」

「ダメとかじゃなくて子供を守るのは当然だからな。義務ですらない」

「……それは、ちょっとカッコつけ過ぎかも♡」

一つ頷いた後に、クユミは視線だけで退避ルートを確認。二人の腕を摑《つか》み、声を上げさせる暇もなく猛スピードで退避し始めた。

遠くにエリンとシャロンの悲鳴とも怒号ともつかない声が聞こえたが、それも聞こえなくなった。

俺のことからかってくる時を除くと、本当に合理的な判断しかしない子だ。

任せていいだろう。

そう確信して、目の前の敵へと注意を絞る。

『勇者の末裔――あの、聖剣の女の末裔か。忌まわしいな』

「お前には負けるよ」

雑な一振りで視界一杯に光をぶちまける。

回避しようとした魔王の影だが、逃げ場はない。体の七割ほどが瞬時に蒸発する。

三割残された。こっちの動きに対応しつつある。

「お前はいいよなあ、本体の流用でバトルモーションがあってよぉ！　俺は手下の後ろで腕振り回すモーションしかなかったんだぜ⁉」

余裕の表情を浮かべる魔王に対して、足を起点に地面を介してスキルを発動する。

一帯の木々はシャロンに焼き払われた、しかし地面にはまだ木の根が張り巡らされている。

それらすべてを俺の武器として光に変換し、地面を裂いて射出される槍にした。

『ほお』

ザザザザッ！　と重なるようにして殺傷音が響いた。

光の槍に再生途中の身体《からだ》を貫かれハリネズミのようになった魔王の影が、こちらを見る。

『今回の遊戯は、楽しめそうだな』

渾身《こんしん》の一撃を叩き込んで全身を蒸発させる。

が、即座に再生が始まる。

「……まあ、さっきのはラッキーな時間だったって思うことにするか」

再生した瞬間に処理し続けられた分、復活のストックを使わせることはできただろう。

ここからは普通に、殺し続ける。何度でも刃を交わして殺す。

幸いにも魔王の影は、今も眠りにつく魔王本体とはつながっていない。

経験が本体に蓄積されることはない……はず。ゲーム上の設定では。

ちょっと怖いな。使う戦術絞ろう。

『ここまで殺されるのは、共有されている記憶では初めてだな。初代並みじゃないか』

「黙れ」

一振りで両断する。再生される。

向こうが手のひらから魔力を圧縮した刃を放った。勇者の剣で砕く。

『攻撃防御、判断能力継戦能力、すべてに隙がないな。最高傑作なのか？』

「そんなわけねえだろ！」

お前を殺せもしないのに最高なんて名乗れるか、マリーメイアに押し付けることしかできない、最低の勇者だよ俺は！

『面白い――喜びに狂いそうだ！　もっと殺してみせろ！』

飛び跳ねるようにして、歓喜の声と共に魔王がこちらの攻撃を受け止め、反撃に転じる。

「うんざりなんだよそういうの！　お前のお遊びに全人類の命をベットさせようとしてんじゃねえッ！」

叫びながら攻防を交わす。

次第に、魔王の影が四肢を保ち俺と攻防を交わす時間が増えてきた。

対応されつつある。今も俺から戦闘の仕方を学習し、強くなっている。

魔王の個としての恐ろしさは、その強さに尽きる。

あらゆる方面で強い。何もかもが狂ったように強い。

そして、生き汚さという面でもそれは成立する。

殺しても殺しきれない、選ばれし者以外からの攻撃では全身を跡形もなく吹き飛ばされたとしても再生する。

システム上、魔王に死の概念はない。マリーメイアやエリンの力がなければ、勝利を収めることはできない。特殊条件を満たさなければ勝てない敵キャラクター。

今回は影が相手だから、負けずに相手を殺し続ければ俺は勝利できる。

時間を稼ぐ。そうだ、俺は『本物』たちが通る道を整備し、彼女たちがそこに来るまでの時間を稼ぐだけの存在だ。

それでいい――そのために、生きているんだから。

◇

「待って、待ってってば！」

林の中で、エリンがクユミの腕を振りほどいて立ち止まった。

「……ん、まあここならひとまず大丈夫かな♡」

戦闘地帯から充分に離れられたことを確認して、クユミは自分へと険しい表情を向ける友人二人に向き直った。

「せんせいの力になりたいのは分かるけど、無理じゃないかな？　多分何もできずに殺されると思うよ♡」

「それ、は……ッ」

「遠距離からの砲撃でも？」

「うん♡」

だってせんせいの方が火力出るでしょ、とクユミに告げられ、シャロンは黙り込んだ。

「でも、それじゃセンセが……！」

「一人で戦って、負けはしないと思うよ♡　再生できなくなるまで殺し続けるんじゃない？」

理屈は通っている。

ここで自分たちが出しゃばることに、合理的な理由は一つとしてない。

朝までかかるか、あるいはもっと、数日ずっと続くかもしれないが――ハルートは魔王の影を確実に処理するだろう。

その間。

自分たちは何もできず、彼にすべてを任せて、心配しながらも手出しできない。

それがエリンもシャロンも、そしてクユミだって腹立たしい。

「……本当に、何もできないの？」

シャロンはエリンへと視線を向けて言った。

「あの魔族はエリンを狙っていた。エリンには、魔王を脅かすだけの力があるってことでしょ」

「……っ。でも、今のあたしには、使えても一瞬だと思う」

目元に手をやって、エリンは力なく呟いた。

自身が所有する魔眼《まがん》について、多少の説明は二人にしている。

ある共通点があることを知り、仲良くなって心を開いた結果だ。

「一瞬か～……」

腕を組んで、ふっと表情を消してクユミが俯《うつむ》いた。

数秒ほど無言で考えこんだ後に、彼女は顔を上げた。

最高の悪戯《いたずら》を思いついたと言わんばかりの――いつも通りの笑顔だった。

「にひ♡　じゃあ足を引っ張らずに、援護できればオッケーだよね♡」

◇

ザン、と魔王の影を両断する。

戦闘を始めてどれくらいの時間がたったのか分からない。

すっかり夜だ。月が空高くに浮かんでこっちを見下ろしている。

「お前は災害なんだよ」

『その通り』

再生し、完全に体を取り戻す魔王の影。

「どうやって防げばいい？　どうやって根絶すればいい？」

『諦めるがいい』

いつの間にかやつは翼を増やし、腕に鋭利な装甲を纏っていた。

影って第二形態使えるのかよ知らなかったんだけど。

訓練用の剣を右手に、その辺で拾った木の枝を左手に握る。

手数が足りなくなってきたので、勇者の剣を二本に増やすしかなかった。

俺が覚えていたゲーム上のスペックよりも、この影は異様に強い。

粘られるし、学ばれる。

「お前とともに生きていくなんて、俺たち人類は無理なんだ。お前に壊されないほど強くないんだ」

心の底からの吐露だった。
うんざりだ。
マリーメイアは町娘として、薬売りを手伝う人生があったはずだ。
エリンは町に働きに出たり、村で家を手伝ったりする穏やかな日々を奪われたんだ。
全部お前のせいだ。
お前たちが生きているせいだ。
「だから俺は、みんなが笑って暮らすために、お前を壊したい」
勇者の剣の光に照らされ、魔王の影が嗤《わら》っている。
『ならば壊すがいい』
「ナメ過ぎなんだよ……！」
いい加減にしろ、と叫びそうになる。
俺なんかより弱いくせに、どうして世界を滅ぼせるんだよ。
理不尽だ。何よりも理不尽なのは、俺が選ばれし者じゃないということだ。
剣を握りなおし、改めて目の前の存在に刃を叩きつけるべく、踏み込もうとする。
その時だった。
「――ッ!?」
地面に影が差した。
月光を遮るように、俺と魔王の影が戦っている場所の上空に、何かが浮かんだ。

影から推察するに――逃げたはずのエリンたちが戻ってきた。

彼女たちは突撃槍にしがみついて、えっちらおっちらと空で右往左往している。

どうやらシャロンの魔力を使って、三人まとめて浮かせているようだ。

飛んでいると呼ぶには不格好過ぎる。

推力を用いて強引に浮いているとでも表現すればいいか。

「先生こっち見て!!」

クユミの切羽詰まった声。

つられたのか、魔王の影がガバリと顔を上げて彼女たちを見る。

――俺は完全に無視して、魔王から視線を逸らさなかった。

ていうかそっち見たら俺もヤバいよね?

「ほら伝わった♡」

「暴かれろ――――!!」

聞き覚えのある、というか聞きまくった、『2』におけるエリンの戦闘中特殊スキル発動ボイスが響いた。

発動するは、エリンのパッシブスキル『魔眼《まがん》：零《ゼロ》』。

レベル不足からまだ習得していないそれを、瞬間的に発動するだけという限定を設けて無理矢理行使したのだろう。そんなことできるのか？　でもできてるっぽい。なんで？

『魔眼《まがん》!?　使えたのか……!?』

ギシリ、と魔王の影が動きを止めた。

その胸部に、光が宿る。

エリンの魔眼《まがん》が敵の存在に干渉し、存在の核を浮かび上がらせているのだ。

「だからレベルが高過ぎるんだよ……」

呆れながらも、既に行動は終わっていた。

浮かび上がった存在の核を守ろうと、両腕を突き出した魔王の影。

その両腕を左手の剣で跳ね上げ、即座に右の剣を胸へと突き込んだ。

浮かび上がった核へと切っ先が触れ、こちらが逆に砕かれながらも無理に押し込む。

微かな抵抗を突き破れば、核の半ばへと聖なる光が到達し、内部を完全に破壊した。

決着はついた。

『――失敗したな。逃げたものだとばかり』

「俺は戻ってこいなんて指示してない」

『そうか、愛されているのだな』

「お前が愛を語るなよ」

剣を引き抜いて、スキルを解除。

訓練用の剣と木の枝は、思い出したかのように過負荷に砕け、跡形も残らなかった。

『もう少し、興じたかったが――……良い。至上の出会いを果たせたという一点で、すべてに勝る喜びだ』

砕いた核が、砂が風に飛ばされるようにして霧散していく。

自分の胸から視線を上げて、魔王の影は俺に微笑《ほほえ》んだ。

『不思議なやつだ……記憶にある、忌まわしき聖剣の女も同じだった』

聖剣の女というのは、初代勇者様のことだろう。

『何故舞台に上がる資格もないのに、必死に抗《あらが》うのだ？　あの娘三人からは感じる宿命の因子を、お前からは感じない』

「そりゃ持ってないからな。世界を救うのは彼女たちだ」

俺と魔王はそろって、空をふらふらしているエリンたち三人組を見上げた。

「……俺は色々と、急ぎ過ぎていたのかもしれない。お前という存在を根絶できなきゃ生きている意味なんてないって。でも多分、ご先祖様たちだって、同じ考えなのに滅ぼせなかった」

『そうだ、我はまだ生きている。ならば、お前の祖先たちは敗北したと断じるか？』

そんなことはない。

ちょっと前なら、否定できなかったかもしれない。

でも今は明確に否定できる。

「一部分を切り取れば負けだ。でも本当に負けたわけじゃない。あの人たちはきちんと後世につなぐことができた。だから俺がいて、俺がまたマリーメイアやエリンにつないでいける……だから、勝つのは俺たちだ」

『……単独の生命としての活動期間が、著しく短いが故に生じる考え方だな』

「そう思う。でもそれが、俺たち人類の武器なんだ」

仲間を頼れってシャロンに言ってたのに、俺は多分本当は、今まで誰かに頼れなかったのかもしれない。

助けられていたことだって、自覚しているよりもあったんだろう。

『嬉《うれ》しそうだな』

「生徒に勉強させてもらった……お前たちが強くなるとしても、俺たちはもっと強くなれる」

俺の答えに満足したのか、魔王の影が笑みを深める。

『面白い。ならばそのか細く光る刃をもって、我らを討ってみせよ』

「そのうちな」

『……他の影たちの記憶は参照できぬが、断言する。今まで召喚された影たちの中でも、この我こそが最も心躍る戦いをできた』

こちらへと手を伸ばす魔王の影。

上空で魔力が膨れ上がった。俺は手をかざして、シャロンに砲撃しなくていいと制止する。

やつの手は先端からすでに崩れ始め、肘まで消え失《う》せていた。

『今ここで我の存在は決定的に消失するが。ハルート、お前と出会えたことは我が誇りだ』

「うるせえよ気色悪い。さっさと死んでくれ」

『ふふ……地獄で待っているぞ』

「なんで俺が地獄行きなの前提なんだよ」

ふてくされながら言うも、やつは喜びの表情を浮かべるばかりだ。そりゃ否定はしねえけど。

『場所がどこであろうとも、次は滅ぼすためではなく、技術を競い合いたい。腕を磨いて待つ』

「……ま、それぐらいならいいよ」

俺は頭をかいて、息を吐いた。

「いいぜ、その願いを肯定する。それぐらいなら、いくらでも付き合ってやるさ」

消滅は肩へと、そして核へと続いていく。

そしてついに、核が塵《ちり》一つ残らず消えてなくなった。

世界を滅ぼそうとする者の両眼は、最後まで俺を見つめていた。

影が完全に消滅したのを見て、三人組が喝采を上げながらこちらへと手を振ってくる。

俺は彼女たちを見上げて、苦笑いしながら、自分の腰のあたりを叩いた。

「「「……？」」」

意味が伝わっていないのか、三人は首を傾《かし》げる。

俺は肩をすくめて、声を張り上げる。

「――スカートで飛ぶのはやめなさーい！　風紀違反だー！」


数秒後。

斬撃と魔力砲撃とワイヤーアンカーが飛んできて、俺は本気で回避機動を取る羽目になった。

◇

魔王の影を討伐した翌日。

事態が事態なだけに、政府直轄の騎士団が調査にやって来た。

長丁場を覚悟していたが、彼らは俺やエリンたち相手に簡単な調書を作成すると、現場検証に移ってしまった。敬礼と共に『ハルート様やその教え子さんたちのお手を煩わせるまでもありません』と言っていたな。

ふん、クズ勇者を捜査に関わらせるなんてもってのほかってわけだ。分かってるやつもいるじゃねえか。

そういうわけで午前の時間は応対やら調書作成やらでつぶれてしまった。

教頭先生からは無理しないようにと言われたものの、俺は無傷だし三人も疲れているというよりやる気を見せているので、午後だけ授業を行うこととなった。

授業の中で特に三人が食いついてきたのは、魔族との戦闘で発揮していた特殊な性能向上状態、つまりノーブルリンクについてだ。

旧パーティでは俺を除くみんなで何度も発動していた。

そう言えば、どうやったらいいのかと聞いてきたので正直に答えたのだ。

『ノーブルリンクは……仲間みんなと強くなって、仲間みんなと仲良くなると、発動しやすいと思そんなはずないでしょ！　適当言うのも大概にしてもらえる？　せんせいジョークのセンスない。

システムを噛み砕いて説明すると本当にこうなるんだけどなあ。

クユミですらハートマークを投げ捨てていた。

三人は一斉に、俺に対して大ウソツキを見る目を向けてきた。

『『『は？』』』

うよ』

三者から三様の罵倒を浴びて、俺は半泣きになったものだ。

今はそうして辛くて悲しい授業をなんとか終えた放課後。

「せんせい暇でしょ～？」

「暇じゃない」

職員室で書類の山と格闘している俺のもとに、先ほどHRを終えた三人組がやって来た。

どうやら暇だから遊びに来たらしい。

この学校に俺と教頭先生とこの三人ぐらいしかいないとはいえ、なんて連中だ。

職員室は公園じゃねーんだぞ。

「うわ、何それ……手紙？」

机にどっさりと積まれた紙束を見て、エリンが頬をひきつらせる。

連絡先をまとめた表以外には、白紙の便せんが無数にある。

「今までお世話になった人全員に手紙を出そうと思ってるんだ」

「……ここから居なくなろうとしてる、とかじゃないよね？」

不安そうな表情を浮かべるシャロンの言葉に、笑いながら首を振った。

「違う違う、お願い事をしてるんだよ。全方角に土下座してるみたいなもんかな。頭の数が足りないぐらいだ。頭増やして土下座したい」

「聞いたことのない言葉過ぎるわね……」

軽く引いた様子で、シャロンが俺の机に積まれた手紙を手に取った。

だが彼女は手紙の宛先を見ると、顔を青くして、パサリと取り落としてしまう。

「え……？」

「ん、シャロンちゃんどしたの♡」

問いかけに、シャロンは震えながらかすかに唇を動かした。

「隣の国の王様宛てなんだけど……」

「えっそれ本当？」

エリンとクユミは顔を見合わせて、シャロンが取り落とした手紙を大慌てで拾い上げる。

先ほど俺が書き上げた、隣国の国王陛下への手紙だ。

「なっ、なっ、何してんの!?」

「いやあ、前にお世話になったことがあってさ」

ヤバい竜が暴れてて国民が危ないって言われたから、駆け付けてとりあえず両断した。

そしたら両断しても死ななかったので地獄だった。

魔法使いと二人の頃だったからなあ。

転移魔法で荒野に飛ばしてもらって、三日三晩休みなしで戦う羽目になったよ。

「じゃあ、王様に何お願いしてるの？」

落ち着きを取り戻したのか、シャロンが不思議そうに首を傾げた。

俺は手を止めて、ふうと息を吐く。

書いた文章はどれも、まあ相手に合わせて挨拶とか色々変えてるけど、お願いしてる内容は変わらない。

「マリーメイアの保護というか、見かけたら良くしてくれるよう、お願いして回ってるんだ。今は一人……いやもう新しい仲間が少しできたぐらいかな？」

時間軸としては、既に別の国に旅立っているはずだ。

最初の仲間である領主の息子君とは確実に出会っている。

正式なパーティ入りまで進んでいるかは微妙なものの、新たな人生を始めているだろう。

彼女の真パーティはすげえいいバランスなんだよな。

マリーメイアに男2女2の計五人だが全員推せる。

パーティ外のネームドも含めて、『1』のキャラクターたちは良かった。

そう想いを馳せていると、エリンとシャロンが微妙な表情を浮かべているのが見えた。

あ、もしかしてマリーメイアって言っても伝わらないのかこれ。

伝わるわけねえな。

「ごめんごめん、昔一緒に冒険していた人だよ」

「へえ～♡」

面白そうな笑顔と探るような目つきを同居させて、クユミがすっと顔を寄せてきた。

「それって、せんせいの昔のカノジョとか？」

「違う」

思っていたよりも低い声が出た。

断言した、と表現するだけでは生ぬるい、本気の拒絶の声になってしまった。

「彼女をそういう目で見たことはない」

「……あ、そ、そっか」

とりなすようにしてエリンが相槌を打つ。

だが話を振ってきた張本人であるクユミは、動じることなく俺をじっと見つめていた。

「ふ～ん……ごまかしてるわけじゃないんだ♡」

「勝手に心拍を読まないでくれよ」

なんで問い詰められてるような雰囲気にならなきゃいけないんだ。

「ま、カノジョなんていたわけないか～♡」

「すげえひどいこと言うね君……何の根拠があってそんなこと言うんだ？」

「だって生徒のぱんつ見てくるぐらいだからね♡」

やめろ！　見えてなかったってことにしてるでしょうが！

エリンとシャロンも思い出したかのように俺へとゴミを見る目を向けてきている。

冗談じゃない、勝手に空を飛んできたのはそっちだろう。

「も、もうその話はいいだろう……」

「終わらせてもいいけど、せんせいってば本当に終わらせていいの？」

何がだよと問いかける暇すらなかった。

クユミはスカートのすそを持って、そろそろと持ち上げ始めたのだ。

驚愕《きょうがく》のあまりエリンとシャロンが凍り付く中で、俺は――まあ完全にフリーズした。

ちょっ待っ刺激が強過ぎる！

「くふ♡」

にまりと笑う少女の貌《かお》と、どんどん面積を増やしていく眩《まばゆ》いふともも。

脳がぐちゃぐちゃになりながらも顔を逸らすことができず俺は……

あっちょっと待てこれ暗器飛んでくるやつか？

まずい視線誘導で何か仕込まれたかもしれん。

パッシブスキル『観察眼《かんさつがん》』を使って、周囲に異常がないかを探る。

「……センセ？　なんで黙って見てるのかな？」

まず最初に感知したのは、フリーズから立ち直った後、底冷えするような笑みでこちらを見てきているエリンの姿だった。

「ちっ違う！　『観察眼《かんさつがん》』を発動していただけなんだ！」

「じゃあなおさら最低だよ!?」

言葉遣いを完全に間違えた。

俺は反論の余地なく、三人から激詰めされることしかできないのだった。

◇

やがて手紙は各国の関係者のもとへと届けられた。

もとよりハルートの旧パーティメンバーというだけあって、マリーメイアは重要人物だ。言われずとも何かしら気を回すつもりだったが、本人から言われたのならなおさらとなる。

「ハルートからの頼みだ、応えないのは義に反する」

エリンたちが驚愕した宛先、隣に位置するスターズ王国の王も同様に、ハルートからの手紙を確認して頷いた。

勇者の末裔である冒険者ハルートには、国境を超えた恩がある。

かつて邪悪な竜を討伐してもらったことの恩は返しても返し切れない。

「……陛下、マリーメイア殿は確かに現在、我が国の領土にて過ごしております」

「うむ、既に報告を受けた通りだな」

玉座に座る王へと、正装姿の騎士が片膝をついた姿勢で告げる。

だが彼の顔には、困惑の冷や汗が浮かんでいた。

「しかしですね、陛下」

「うむ」

「……手の回しようが、ないように思えるのですが、如何様《いかよう》になされますか」

「私にも分からん」

◇

ハルートが生まれ育ち、現在も拠点としているテイル王国。

そこと領土を隣として友好を結んでいるのが、今現在マリーメイアが過ごしているスターズ王国だ。テイル王国と比べて土地が肥沃である分、魔物による活動も活発である。

マリーメイアはひとまず、冒険者時代のツテを頼ってこの国のある領土へとやって来ていた。

今はその領主の息子と共に、市民から寄せられた魔物駆除の依頼を受けて来ていたのだが。

「……これが」

地獄絵図。

たった一人の少女によってつくられた、悪夢と呼ぶにも禍々《まがまが》し過ぎる光景を前に、領主の息子は吐き気をこらえるので精いっぱいだった。

あたりに散らばっている肉塊は、討伐を依頼された魔物たち。

過剰な回復によって内側から四散させられた残骸。

その地獄の中心で、自身は返り血の一滴も浴びることなく、少女がぼんやりと空を見上げている。

（……何が、足りなかったんでしょう）

こんなに敵を殺せるのに。

こんなに人を救えるのに。

なのに彼はもう、自分は要《い》らないと言った。

（……もっと、強くならなきゃ）

かの大魔法を習得するために必要なのは『憎しみ』と『愛』。

確かに今の彼女は『憎しみ』を知っている。だがそれはハルートの想定とは異なり、自分の内側へと向けられたものだった。

（じゃないと、ハルートさんのところに、帰れない……帰りたい、帰らなきゃ……）

第三章 持つべきものは旧友

辺境の冒険者学校は、とりあえずは今まで通りに運営することとなった。

校舎に損壊はなかったし、近くの山がぶっ壊れただけと考えれば自然だ。

シャロンが焼き払い、俺が木の根まで残らず勇者の剣に変換してしまった地帯は、綺麗《きれい》まっさらな土になったので菜園でも作ろうと教頭先生が言った。

確かに職員兼学生寮への帰り道にあるのだ、世話もしやすいだろう。

元々教頭先生は、かつて俺の担任だった頃から校舎裏で菜園を作っていた人だ。

大きく実った野菜をご飯に使ってくれていたのが懐かしい。

自給自足で追加しないと、まとまって届く食料をいい感じに料理するしかないからな。

そういう話をしたからか、ふと気になって俺は普段より早く寮を出た。

校舎裏の家庭菜園が今も無事に続いているだろうかと気になったからだ。

「センセって意外と農作業似合うね～」

結果として菜園は見事に拡張されつつも整備されていた。

せっかく朝早くに来たので、昔手伝っていた時のように水をまいていたところ、いつの間にかエリンが校舎の陰で休みつつこちらを見ていた。

「教頭先生が昔から作ってたからな。何回か手伝ってたんだよ」

「そーなんだ。じゃもしかして、あたしたちが食べてるごはんとかって……」

「たまにここで採れたやつ使ってると思うぞ」

基本的には俺と教頭先生で一週間分の献立を決めて、その日の担当者が頑張って作るのだが……

まあ五人分だから前世の給食とかに比べれば小規模だ。

もちろん大変なのに変わりはないけどね。

「シャロンなんかは、野菜は残さず食うけどたまにお前らにご飯分けてるよな」

「それ本人の前で絶対言っちゃダメだからね。あの子太りやすい体質気にしてるんだって」

お前がそれを言わなけりゃ良かったんじゃないか？

要らない情報を一つ仕入れてしまい、俺は嘆息した。

「ねえねえ、どれが美味《おい》しいの？」

日差しの下で汗を拭いつつ水を撒《ま》く俺に、陰に入ったままエリンが問いかけてくる。

訓練でもないのに暑い思いをするのは嫌だろうな。

「そうだな……これとかオクラみたいで旨《うま》いんだけど」

「オクラ？」

「酒によく合うんだよ。軽く味付けしてやると抜群だ」

「それあたしに言うことじゃなくない？」

ムスっとした表情を浮かべるエリン。

まあ流石《さすが》にそうだよな。

「この辺のはみずみずしくておすすめだぞ」

俺は一つ、赤く実った果実をしゅぱっともぎ取った。

「え？……え!?　ええ!?　ちょ、ちょっとセンセそれはまずいって。きょ、教頭先生に怒られちゃうよ」

「いいんだよ、実ったやつなら持っていって構わないって言われてるんだから」

昔からずっとそういうスタンスの人だった。

育てる過程が楽しいから、成果物が自分の手元に届かなくてもいいと言っていた。

「そ、そうなんだ……」

俺は日陰へと歩いていき、エリンへと果実を手渡す。

「食べてみるか？　こう、がぶっといくんだ。果汁が垂れるから気をつけなよ」

「あ、うん」

服にかからないようちょっと腕を伸ばした後、エリンは遠慮がちな動きで果実に口をつけた。

薄皮を裂き新鮮な果肉へと歯が突き刺さる、小気味のいい音が響く。

「わぶっ」

内側から跳ねるように飛んできた汁がエリンの頰を汚した。

しかしそれより鮮烈で、抜けるように爽やかな風味に彼女は目を見開く。

「お、おいしい……！」

「いいだろう」

さすがは教頭先生、今年も素晴らしい出来栄えだ。

俺は笑いながらも、首に掛けていたタオルをエリンの頬へと伸ばす。

「ふえっ」

「あ、ちょっと動かないでくれ」

赤い汁のついた頬を、撫《な》でるようにして優しくタオルで拭う。

さすがにこんなもんつけたまま教室に行かせるわけにはいかない。

服で拭ったりしたら色がついてしまう。

「よし、大丈夫だ」

とりあえず付着した分は全部とれたはずだ。

ん、あれ？　汁をふき取ったのになんで赤いままなんだ？

「……センセ、近いよ」

ハッと視線を上げると、目と鼻の先にエリンの顔があった。

「うおわあっ!?　ご、ごめん」

「何その謝り方!?　失礼なんですけど！」

じとっとした視線を向けてくるエリン。

「べ、別にいいけどさあ……ていうか、冒険者やってたのに、なんでそんな女性慣れしてないわけ？」

すげえ鋭い質問してくるじゃん。

鋭過ぎて、刺さるを超えて抉《えぐ》られている。

涙と出血が止まらない。人道に反する威力だと思う。

「クッ、クフフフッ……愚かな女共相手に、俺の貴重な時間を費やすわけにはいかなかったというだけだ。ま、凡俗たちが時間を浪費する間、この俺は――」

「そういうのいいから」

「あ、はい」

クユミにこれが精神を落ち着けるルーティンだとバラされて以来、エリンもシャロンも、俺のクズ勇者モードを聞き流す姿勢を取りつつある。納得がいかねえ。

「センセに必要だから、仕方なくやらせてあげるけどさあ……それ、結構止《や》めた方がいいと思うなあ……」

「自覚はあるんだよ、自覚は」

「そもそもそれが精神を落ち着かせる効果を発揮してるのがよく分かんないもん」

それな。

完全にこればっかりは、演技してる時間の方が、必死に走り続けてる時間に比べて楽だから安心できたというだけ。

馬鹿のパブロフの犬現象である。

「時間なかった、かあ……でも今は時間あるよね？」

「ん？　ああ、そうだな」

「そっか、良かった」

朝早く起きたからちょっと菜園を見るぐらいには余裕がある。

前世のせいで教師って凄《すご》い忙しい印象があったんだけど、冒険者学校となると色々と都合が違うらしい。

おまけに担当している生徒が、同年代で並ぶ者はいないであろう天才三人組なのだ。

エリンとクユミは、座学のほとんどを既に習得している。

シャロンが知識面で一歩譲るものの、理解力と記憶力に長《た》けているため問題にならない。

日頃の俺に対する舐《な》め切った言動や俺を大変にナメている言動に惑わされなければ、彼女たちが優秀極まりない生徒だとよく分かる。

正直こんな辺境の学校にいるのが不思議なぐらいだ。

「じゃあ、これからここで慣れていく……で、いいんじゃない？」

「はあ……」

女性に？

ってことは教頭先生相手になるよなあ。

流石にここから『女性との接し方を教えてください！』とか言い出したら頭が上がらないどころの話ではなくなってしまう。

ていうかもう勢い余って付き合うかもしれない。あの人本当に外見変わらないし。年齢も別に一回り上ぐらいなだけだし。

……いや俺が女性と付き合うとか無理か。

「そうだな、まあ、慣れていこうかなあ」

「うんうん、それがいいと思うな」

適当に相槌《あいづち》を打つと、やたら機嫌良さそうな笑顔でエリンが立ち上がる。

「じゃ、あたし先教室行ってるね。シャワー浴びてきてよ～！」

「はいはい、分かったよ」

元気良く駆けていく背中に、廊下は走るなよと声をかけた後、俺はチラリと菜園を見た。

あの時よりも広くなったこの場所で、いるのは俺だけというのが、少しだけ寂しいなと思った。

◇

午前中の授業で、三人は仲良く机を並べてこちらの講義に集中してくれていた。

いや……なんかシャロンとクユミからは圧を感じたが、理由が分からないので何もできない。

「というわけで、魔力を用いて構築される魔法式には一定の効率化の方法が確立されている。その前提が共有される以上、相手よりいかに速く撃つかという点が現代の対人魔法戦闘において重要視され、それによって詠唱の破棄が推奨されているわけだ。ここまで、質問はあるか？」

「せんせいがシャワー浴びててエリンちゃんから土の匂いがするのはなんでですか～？」

「……授業に関係のある質問をするように。じゃあ、次、シャロン」

「先生の髪が少し濡《ぬ》れていることとエリンから農作業時に近い匂いがすることの間に因果関係があるのなら説明してくれる？」

「ねえ話聞いてた？　授業に関係あること質問してくれよ」

どうやらバレていたらしい。

エリンが申し訳なさそうに、二人の間で身を縮こまらせている。

「はあ……校舎裏に菜園があってな。今朝《けさ》そこの様子を見てた時、エリンと会ったんだよ」

「エリンからは土以外にも、恐らく先生のものと思われる男性の汗の香りが少しだけけしていたんだけど？」

容赦のない追撃を浴びせてくるシャロン。

なんでそんなの分かるんだよ。嗅覚が犬なの？

「そりゃアレだろ……結構汗かいてたから、普通に、こう、うつっちゃったんじゃないかな？」

「ふーん♡」

両手で頬杖《ほおづえ》を突き足をブラブラさせるクユミが、にひと笑った。

「じゃあ今朝エリンちゃんが一発目に言ってきた、タオルで顔拭いてもらったーっていう自慢は、関係ないんだ♡」

全部エリンの自滅じゃねーか!!

本当に申し訳なさそうにエリンが片手で謝罪のジェスチャーをしてくる。

いやそんなことされても許せない、本当にお前が悪いんだもん。

「先生、そういうのどうかと思う。そもそも朝農作業をしているのなら、言ってほしい」

なんで言わなきゃいけないんだ、と反論するにはシャロンの目が据わり過ぎていた。

本当に怖い。

「せんせいってば朝から随分と大胆なんだね♡　さぞ女慣れしてるんだろうなあ♡」

こいつはこいつで話してた内容掠《かす》めてくるし。もしかして知ってるの？

なんで？　聞いてた？　どこで？　怖いんだけど。

「はい、はい、分かったから。授業続けるから、はい！　この話終わり！」

俺は追及の声と視線を振り切るようにして授業を再開した。

そのままノンストップでちょっと上級に位置する講義を終えた。

そのまま早足で教室を退出する。

寄り道することなく廊下を歩き、逃げるようにして職員室へと戻った。

「あら、ハルート先生お疲れ様です」

職員室に入れば、教頭先生が優しく苦笑しながら迎えてくれた。

「ひどい目に遭いましたよまったく……」

自席に上着をかけて、座り込んで肩を落とす。

教頭先生は綺麗な笑みを浮かべて近づいてくる。

「多分、君はこれから先も、定期的にひどい目に遭うでしょうね」

「なんでそんなこと言うの？」

思わず生徒時代同様の情けない声がこぼれた。

彼女は眼鏡を指で押し上げた後、こちらへと何かを差し出した。

「これがひとまず直近の、ひどい目です」

「えぇぇぇぇ………」

あんまりにもほどがある言葉と共に渡された手紙。

マリーメイア関連で手紙を送って回ったところからは、既に一通り返信が来ている。どこも快諾してくれていた。

そういうのとは関係のない手紙となると、ちょっと内容が分からない。

無地の封筒をひっくり返すと、家紋の蠟《ろう》が封をしてある。

ん？

この家紋見たことがあるぞ。

でも違う、この世界に転生してから見たんじゃない。

転生する前の、ゲームプレイ中に見たことがある。

これは、確か、そうだこれはアレじゃん！

「ソードエックス家からの手紙です」

教頭先生の言葉を聞いて、俺は思わず悲鳴を上げそうになった。

絶対に面倒くさい話だ！　開かずに捨てようかな……

◇

平日は問題なく授業を進めた。

カリキュラムは国が指定するものではなく、俺が教頭先生に相談しつつ組んだものだが、概《おおむ》ねいい感じだ。

あの三人に関しては、魔力を練り上げて~魔法式に入れ込んで~とか初心者用のことをやらせても時間の無駄と言っていい。

基礎を疎《おろそ》かにするやつが強くなることはないが、基礎に拘泥し続けても上達はあり得ない。

かなり上級者向けの講義を行っているが、問題なくついてきてくれている。

『もっと容赦なくやってよかったのねえ……』

教頭先生が悩ましげな表情を浮かべながらそんなことを言っていたのは記憶に新しい。

俺たちクソガキサイドからすれば、普通にどんな授業でも適当にサボっていた自信はある。

ていうかエリンたち三人が生来の才能に対して真面目さを保ち過ぎなんじゃないか?

自分が学生だった頃のことを思い出すと……正直よくもまあ教師ヅラができるな、と思わなくはない。

実技試験の時は互いの全力をぶつけ合って校舎や山を壊した。

用意された教科書の内容なんて理解してたから、座学の間はずっと別のことをするか教室にいないか寝てるかだった。

最悪じゃん。

エリンたちがそんなことしてきたら、俺は耐えられないかもしれない。

いい子たちで本当に良かった。

そして教頭先生、本当にすみませんでした……

いやでも思い返すと、俺以外のやつが大体主犯だったと思うんだよ。

『勇者の末裔《まつえい》ハルートよ、我が同胞《はらから》となりてテイル王国のために働くがいい！』

『あごめん俺そういうの興味ないから』

『なんと……!? 貴様ほどの男が、理念も志もないというのか!? こうしてはおれん、その性根を叩《たた》きなおし、朝に四回昼に二回夜に三回王国万歳と讃頌《さんしょう》するようにしなければ！』

『普通に洗脳だろ！ っていうか回数がなんでなぞかけなんだよ!!』

謎過ぎる言いがかりの直後、俺とやつの攻撃がぶつかり合い、ちゅどーんと教室を吹き飛ばしたものだ。

はい、どう考えても威力の調整をしていない俺とあいつのどっちもが悪いです。

本当にすみませんでした。

いやこの件は確かに俺も悪かった。

乗せられて馬鹿なことをした記憶は、残念なことにある。

しかし俺が関与していないやつもあるはず……！

『聞いてくれ我が同胞《はらから》、ハルート！』

『どした？　今朝校庭の形変えてたのお前？っていうかお前だろ。せんせーが殺意ガン積みでお前のこと捜してたぜ』

『うわそれは聞きたくなかったな……ではない！　アイアスのやつが、我らに黙って町で合コンに参加するらしいぞ！』

『ハァ!?　あったまきた。おい、参加するぞ』

『そう来なくてはな、盟友《とも》よ！　貴様は男側、私は女側だが……』

『ああ、挟み撃ちの形になるな』

『この作戦で最も心配なのは貴様だぞ。合コン大丈夫か？　心配になるぐらい童貞だからな貴様』

『お前本当に張り倒すぞ』

ああだめだ……これ俺から言い出しちゃってるな……

結局合コンで俺とあいつは無双したし、最終的に店は爆発した。

先生本当にあの頃はすみませんでした。

「センセ、お待たせっ」

校舎やら何やら、破壊した建造物を何回ぐらい建て直し手伝ったたっけなあと死んだ目で思い返していると、名を呼ばれた。

見れば緊張した表情の、制服姿のエリンがいた。

平日を終えた休日だというのに、彼女は制服で、俺もまた仕事用の正装を着込んでいる。

オーバーラップ文庫&ノベルス NEWS
AT-X、TOKYO MX、サンテレビ、KBS京都、BS11にて
4月8日(月)より放送開始!!
dアニメストアにて先行配信!
どんな壁だって、みんなとなら
乗り越えられる!
Lv2からチートだった元勇者候補のまったり異世界ライフ
Chillin' in Another World with Lv2 Super Cheat Powers
CAST
フリオ:日野 聡　フェンリース:釘宮理恵　バリロッサ:山根 綺　ブロッサム:日野まり　ビレリー:広瀬ゆうき　ベラノ:稗田寧々
金髪勇者:村田太志　ツーヤ:高橋美佳子　第一王女:川澄綾子　サベア:井口裕香　ヒヤ:堀江由衣　ゴウル:前野智昭　ウリミナス:田村ゆかり
ダマリナッセ:伊藤 静　ユイガード:楠 大典　フフン:新井里美
MAIN STAFF
原作:鬼ノ城ミヤ(オーバーラップノベルス刊)　キャラクター原案:片桐　原作コミック:糸町秋音(「コミックガルド」連載)
監督:岩崎良明　シリーズ構成:清水 恵　キャラクターデザイン:諏訪壮大
音楽:夢見クジラ　音楽制作:ポニーキャニオン　アニメーション制作:J.C.STAFF
エンディングテーマ:DIALOGUE+「ユートピア学概論」
TVアニメ公式HP ▸ lv2-cheat.com
※放送日時は予告なく変更になることがあります。　©鬼ノ城ミヤ・オーバーラップ/Lv2からチートだった製作委員会
2403 B/N

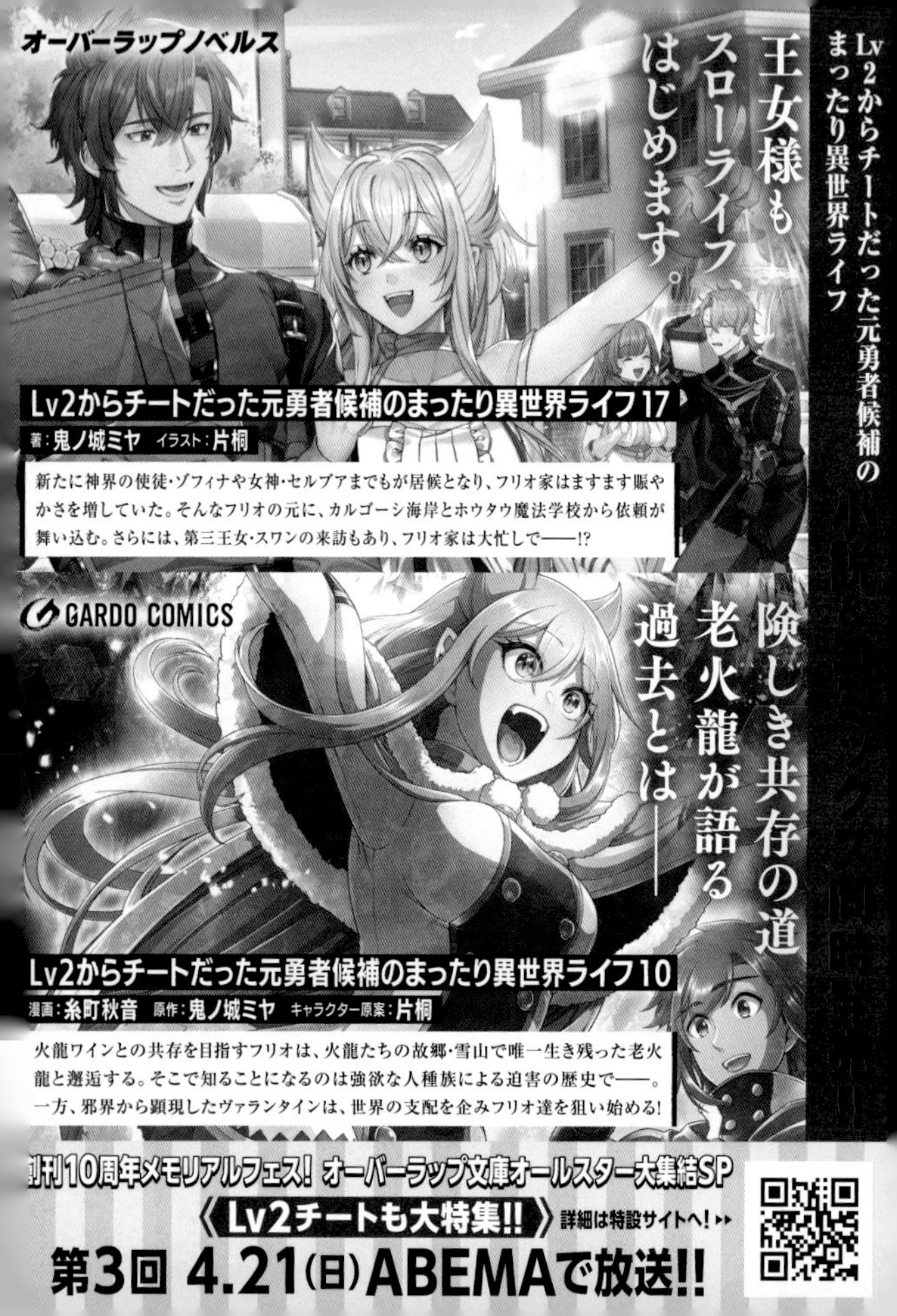
Lv2からチートだった元勇者候補のまったり異世界ライフ
王女様もスローライフ、はじめます。
オーバーラップノベルス
Lv2からチートだった元勇者候補のまったり異世界ライフ17
著：鬼ノ城ミヤ　イラスト：片桐
新たに神界の使徒・ゾフィナや女神・セルブアまでもが居候となり、フリオ家はますます賑やかさを増していた。そんなフリオの元に、カルゴーシ海岸とホウタウ魔法学校から依頼が舞い込む。さらには、第三王女・スワンの来訪もあり、フリオ家は大忙しで——!?
険しき共存の道
老火龍が語る
過去とは——
GARDO COMICS
Lv2からチートだった元勇者候補のまったり異世界ライフ10
漫画：糸町秋音　原作：鬼ノ城ミヤ　キャラクター原案：片桐
火龍ワインとの共存を目指すフリオは、火龍たちの故郷・雪山で唯一生き残った老火龍と邂逅する。そこで知ることになるのは強欲な人種族による迫害の歴史で——。一方、邪界から顕現したヴァランタインは、世界の支配を企みフリオ達を狙い始める!
創刊10周年メモリアルフェス! オーバーラップ文庫オールスター大集結SP
《Lv2チートも大特集!!》
詳細は特設サイトへ!
第3回 4.21(日)ABEMAで放送!!

「大丈夫、待ち合わせ時間通りだ。じゃあ行くか」

「うん……ごめんね、センセ」

「気にするな。三者面談ぐらい、いつでも応じるさ」

待ち合わせ場所は、冒険者学校から少し離れた、共同馬車の待合所。

ここから馬車で向かう先は王都。

王都には、エリンの現在の実家である、ソードエックス家の本邸がある。

……まあ今回の面会は、王城の一室を借りるらしいんだけどさ。

俺はネクタイを緩めながら、どうしてこんな目にと嘆息しそうになるのを必死にこらえるのだった。

◇

久しぶりに来た王都は、相も変わらず活気にあふれていた。

広い通りを、馬車と通行人たちが互いを押しのけるようにして進んでいく。

新宿とか渋谷とかを思い出す。つまりとっても嫌な気分になった。

「わ、わぁ……！」

どうやら人混み初体験らしく、エリンは目を見開いている。

ん？　ソードエックス家の本邸があるのに、なんで王都で感動してるんだ？

まあ……別邸で暮らしていたとかは普通にありそうだな。

その辺、原作で特に聞いてないし。

「はぐれるなよ」

「わぷっ」

エリンの肩を持って引き寄せる。

気を抜いていたのか、彼女はもろに鼻先から俺の胸へと飛び込んでくる形になった。

「あ、ご、ごめん」

「ん、い、いいぞ」

「いやあたしと同じぐらいテンパらないでよ」

こんなことになるとは思ってなかったんだもん……！

頬の熱をぱたぱたと手で扇《あお》ぎ逃がしながら、俺は視線を辺りに向ける。

「ねえセンセ、王都っていつもこんなに混んでるの？」

「ああ、基本的には毎日そうだよ」

「へぇ……！」

俺の体から離れて、エリンはあちこちをきょろきょろと見始めた。

中でも視線が止まったのは、過ぎ行く人々が避《よ》けて通るので、川の中の小島みたいになっている露店たちだ。

「少し見ていくか？」

「いいのっ!?」

目をキラキラと輝かせて、エリンが喜びの表情を見せた。

時間には余裕がある。

駆けだした彼女の後を追ってたどり着いた先、露天は雑貨を主に扱っていた。

化粧品やら健康器具やらと共に、アクセサリー類、実用的ではないぬいぐるみなどを売っている。

商業施設によくあるやつだなこれ……

「凄いね、統一感がないというか……これでいいんだ……」

「まあ人がよく通るからこそだよなあ」

あれが欲しくて買いに来ました、という感じではなく、通り過ぎざまにふっと目についたので買いました、というのが主な購買層なんだろう。

「エリンも欲しいものがあったら言ってくれよ」

「え……さ、流石にダメじゃないかなあ、それは。シャロンとクユミにも悪いっていうか」

この間の農作業即バラし事件が後を引いているのか、エリンの頬は引きつっていた。

「まあ、逆にさ。堂々としていればいいだろう。あの二人だっていつかは王都に連れてくる機会があるかもしれない、その時に買ってあげればいいんじゃないか?」

「……あー、うん、まあ、そうかな」

我ながら適切な言い訳を思いついた。

と、思っていたのだが、エリンは微《かす》かに不満の色を浮かべた後、すぐに打ち消してしまった。

何だったんだろう。これなら三人平等でハッピーじゃないのか？

「じゃあこれと、これと……これ！」

俺が首を傾《かし》げている間に、彼女はあっという間にお目当ての商品を絞り込んでいた。

エリンがパパパパッと手に取ったのは、肌の保湿に使うゼリー状の化粧品がいくつかと、熊のぬいぐるみだった。

化粧品はともかくとしてそのぬいぐるみはカバンに入るのか……？

まあ、いいか。

本人が欲しがってるってのが大事だしな、こういうのは。

自分自身の欲求が、何をしたがっているのかが分からないと彼女は言っていた。

でも目の前のぬいぐるみを可愛《かわい》いと思い欲しがっているのなら。

きっと何か、心を開く手順が一つだけでも進んだのだろう。

「可愛いな、その熊」

俺は抱きかかえられた熊のぬいぐるみを覗《のぞ》き込み、薄く笑いながら言った。

「うん、ちょっとセンセみたいだな、って……」

「どこが？　ちょっと……待ってくれ。俺って熊っぽいのか？　ちょっと待ってくれって」

つぶらな瞳でこちらを見上げる熊公。

全然違うけど。俺はこんな可愛くない。

男だから可愛いって言われるの嫌とかそういうんじゃなくて、流石に色んな戦場を乗り越えて自

分でも歴戦の猛者だという自覚はあるところに、この熊に似ているはちょっとメンタルに来る。

しかしエリンは柔らかく微笑《ほほえ》みながら、熊公相手に頬ずりするばかりだ。

いや俺と似てるぬいぐるみに頬ずりするな。

俺はお店に支払いを済ませながらも、エリンの頬の感触を堪能している熊公相手に、メンチを切ることしかできなかった。

◇

さて、露店に立ち寄っていたらいい時間になってきた。

目的地である王城までは、通りに沿って歩けばすぐだ。

「お城って、やっぱり通行証とかそういうのがないと入れないの？」

「そりゃな。ただ、門番に直接受付をしてもらって城に入るやり方もあるが、今回は仲介人が外で待ってくれてるよ」

「仲介人？」

俺がソードエックス家と話すことになったこと、どこで知ったんだか。

あいつは勝手に仲介人に名乗りを上げ、あっという間に認めさせてしまった。

「まあいいやつではあるんだが……」

と、王城すぐそばの広場に差し掛かる。

主に家族連れの人々が笑顔で過ごす安息の場所。

だが今は、軍服を身にまとった長身紅髪の女が鋭い眼光で佇《たたず》んでいて、子供たちは親に連れられ退避していた。

あいつ本当に……こういうところ全部だめだな……

「おーい」

「む」

声をかけると、彼女はこちらを認めて、無表情のままずんずん近づいてきた。

隣でドン引きしていたエリンが『やっぱこの人なんだ……』と絶望的な声を上げている。

本当にごめん。

「エリン・ソードエックス殿だな？」

「は、はい」

その女は、目と鼻の先と言うべき距離まで一気に近づいてきた。

黒を基調した軍服が異様に似合う、刃《やいば》のような雰囲気に当てられ、エリンが身を固くする。

「フム……しなやかな筋肉。卓越した動体視力。なるほどなるほど、本人らしい」

腰まで届こうかという長い紅髪は、冬を越す動物の体毛のようにボリュームがあった。

この髪が彼女の二つ名の由来である。

「『燃ゆる狼《おおかみ》』がナンパかよ」

からかいを込めて声をかけると、彼女はその紅髪をなびかせて、こちらに視線を向ける。

「久しいな、我が同胞《はらから》。学《まな》び舎《や》の盟友《とも》よ」

にやりと笑えば、口元に鋭い歯が露《あら》わになる。

「センセ、この人は……？」

「あーっと……」

なんて紹介すればいいんだ。

馬鹿正直に機密部隊の隊長ですとか言うわけにもいかんし。

「私はテイル王国軍に所属するカデンタ・オールハイムだ」

俺が悩んでいる間に、本人がスパッと自己紹介を終えていた。

確かに軍人相手に、どこの部隊ですかとか踏み込むことはないか。

「あ、はい……」

軍服からして予想はついていただろうが、相手が軍人だと改めて知り、エリンが背筋を伸ばす。

その様子を見て、カデンタは表情を緩めた。

「そう固くならなくていい。こう見えて、私は後輩に優しいからな」

「……こう、はい？」

思いがけない言葉にフリーズするエリン。

言っていなかったなと前置きをして、カデンタはぐいと俺を引き寄せ、背伸びして肩を組んできた。

「この男と私は同級生……つまりエリン殿、私は君の大先輩にあたるというわけだ」

「ちなみにこいつは校舎壊した回数第一位な」

「それを言えば教室に絞れば回数第一位は貴様だろう」

いつも通り、いつ会っても変わらぬやり取りをするカデンタに対して。

「え……えええええええっ!?　センセが女の人と密着してもキョドってない!?」

エリンは俺と彼女を交互に見て、めっちゃくちゃ失礼な悲鳴を上げた。

カデンタはそれを聞いて爆笑した。絶対に許さねえ。

「昔からの付き合いだから、まあな……」

彼女を引きはがした後、三人で王城へと入る。

隣にカデンタがいるからだろう、衛兵は礼をするだけでそのまま通してくれた。

「おお、偉くなった感じがしていいな今の。もっかい通ってもいい？」

「この馬鹿は置いていくとするか」

「ですねー」

「あっちょっ待って！　置いてかないで！　道分からないから迷子になっちゃう！」

肩をすくめた後に、エリンと共にこちらを待つこの女。

カデンタ・オールハイム。

名門オールハイム家の長女であり、軍の機密部隊『正律部隊《テンペランス》』隊長。

暗殺誘拐なんでもござれと他国に悪名高い、テイル王国の国防に大きな役割を持つ部隊を任された才女。

そして俺の冒険者学校時代の同級生でもある。

「相手方は間もなく来る予定だ」

しばらく廊下を進んだ後、俺たちは王城にいくつかある来賓室の一つに案内された。

カデンタは軍人らしい佇まいのまま、部屋の片隅へと下がる。

「ありがとな、何から何まで」

「この私を単なる仲介役で使うなど、大陸中を探しても貴様ぐらいだぞ」

「お前が勝手に仲介役になったんだろ……」

別に頼んだわけじゃないだろと指摘するも、カデンタは鼻を鳴らした。

「当然だ。貴様にこういった交渉事ができるとは微塵《みじん》も思わん。しかも冒険者を休業した貴様は、あの頭のおかしい女たちの手を借りることもできん」

こいつ俺の旧パーティメンバーをしれっとディスったな。

いいやつらだと思っているが、まあ、頭のおかしい女たちではあった。じゃあダメじゃん。

「それともなんだ？　王城に入ったからには、もう私は不要か？　用済みでポイ捨てか？　やれやれ、社会に出てお前もすっかり薄汚れてしまったようだな」

「いやいや！　実際助かったとは思ってるさ。こういう時に頼れるの、お前しかいないし」

「……フン、ようやく私の大切さに気づいたか！　まったく」

ニヤと笑うカデンタが、その鋭い八重歯をあらわにした。

何度か嚙《か》みつかれたことがあるが本当に痛いんだよなアレ。

「そういえば聞いたよ、北の帝国との合同軍事演習、こっちの指揮を執ったのはお前らしいな」

「当然だろう。最強の冒険者ハルートの同期などという迷惑な肩書きがあっては断れん」

風の噂で活躍を聞くこいつは、俺なんぞとは違ってきちんと出世街道を歩いている。

機密部隊の隊長がそういう時に指揮を執るのはどうなんだと思わなくもないが、合同軍事演習の場で、何かの戦術実験でもしてたんかな。

「むー……」

そんな感じで、相手方が来るまではカデンタと近況報告にでも花を咲かせようかと思っていたが、エリンの様子が少しおかしい。

俺の方を見て、何やら不満げに唸《うな》っている。

「どうしたんだ？」

「別になんでも……仲いいんだなーって」

「まあ、昔からの付き合いだからな」

なあ、とカデンタに相槌を求めるも、彼女は彼女でエリンをじっと見ていた。

当然ソードエックス家の内情には、俺よりもカデンタの方が詳しい。

何か思うところがあったり、俺の知らないことを知っているのかと思ったが。

「……ハルート、貴様、この手のキャピキャピした女子と会話できるのか？　無理だろう？」

「できてるよ！　教師なんだからよお！」

あんまりだ。

みんな俺のことを何だと思っているんだろう。

「せ、センセは確かにあたしたち相手にキョドるし、会話できてるって断言できるレベルじゃないですけど、ちゃんとしてますよっ！」

「エリン、それは全然フォローになってない」

いきなり教え子に背中を刺されて俺は泣いた。味方がいな過ぎる。

「予想通りというわけか……まあ、しょせんハルートだ、仕方ない」

「うん、まあ、しょせんはセンセだからね……」

二人の間で、何らかの共通意見が取れたらしい。

俺の方を見てやれやれと肩をすくめられる。

完全にナメられている。これでもかとナメられている。

「あのなあ、俺だって先生として……」

言い返そうとした時に、俺たちは三人そろって動きを止めた。

来賓室の外に気配。誰かが歩いてくる。

俺たちが立ち上がった後、カデンタがドアを開け放った。

「おっと、待たせてしまっていたか。これは失礼しました」

開けられたドアから入って来たのは、黒髪を短く切りそろえた精悍《せいかん》な偉丈夫。

正装姿ながらも手の甲や首元、そして左頬に目立つ、あちこちに刻まれた傷跡。

「いえ、待っていませんよ……ここではなんとお呼びすれば？」

「エリンがいますからね。ザンバで構いません」

「では、ザンバ殿。どうぞおかけになってください」

俺が指し示すと、男はにこやかに笑って対面のソファーに腰かける。

ピリ、と肌を剣気が突いた。反応しないよう身体《からだ》を完全に制御する。

隣に座るエリンが肩を跳ねさせた。

男は社交界にでも来たかのように、無害そうな笑みを浮かべた。

最初に攻撃の気配を見せて、こっちを釣ろうとした。

クユミで無視の勉強をしておいてよかった。

「改めて、ザンバ・ソードエックスです。此度《こたび》は急な面談の申し出、大変失礼しました」

「いえ、構いません。私はハルート、現在はエリンさんたちの担任を務めております」

にこやかな笑顔に対して、にこやかな笑顔で対抗する。

そっと、ソファーの後ろ側に移動してきていたカデンタが耳元に口を寄せる。

「……分かるか？　ハルート。社会で敵を作らないための外面というのは、アレのことを言うんだ。見習っておけ」

「仲介役がこっち攻撃してくんな」

余計なことしか言わねえーなお前！

小声で言い返しながらも、俺は正面に座った男の様子をよく観察する。

ザンバ・ソードエックス。

エリンの義理の兄であり、現在ソードエックス家の三男にあたる男だ。

「では早速、今回はエリンさんが、先日魔族との戦闘を経験したことについての報告をさせていただければと思います」

手紙をよこした名前も彼だった。

本来の目的が別にあるとしても、個人的に興味はあるのだろう。

俺が作成した魔族との戦闘レポートを、ザンバは興味深そうに読み込んでいく。

「失礼ながら、ザンバ殿は魔族との戦闘経験は？」

「中級と三度遭遇し、三度とも斬殺しました」

わーお、さすがはソードエックス家。単なる無能じゃない。

家系単位でテイル王国に貢献してるランキングを作ると、ここは上位に入る。

軍の戦術を考案したり、装備を監修したり、めちゃくちゃな名家なのだ。

上位っていうか最上位かも。

「なるほど、理解しました」

結構分厚いレポートだったのだが、ザンバはすぱっと読み終えた。

これだ。戦闘バカなわけではなく、ソードエックス家が輩出する人材は文武両道だ。

大義のために振るわれる刃というコンセプトを満たすには、軍人として超優秀でなければならないらしい。

「僕でも勝てたかとは思います。魔族としては、率直に言って弱いですね」

「……まあ、そうですね」

隣でエリンが息をのむ音が響く。

まあそんなもんだよ。

下級魔族はゴミ。

一家惨殺みたいな規模の事件で魔族が絡んでると大体下級だ。

都市部に限った話になるが、警邏《けいら》の騎士でも余裕で切り殺せるだろう。

中級魔族はピンキリ。

軍の到着が間に合わない集落に出現されると、そこの全滅はほぼ確定する。

だが部隊で囲み、きちんと対応すれば殲滅《せんめつ》は難しくない。

実際にエリンたち三人も、コンビネーションを駆使すれば圧倒することができた。

上級魔族は……出てこないでほしい。

どいつもこいつも息をするように都市を壊滅させやがる。

仮に現状のエリンたちが上級魔族と遭遇したら、退避の一択になるだろう。

俺やカデンタがいればいかようにも対処できるが、そのクラスでなければ荷が重過ぎる相手だ。

「やはり強い魔族と判断できる基準は、上級かどうかですか」

「そうなりますね」

魔王の配下たちの恐ろしさは上級魔族に集約される、と俺は思っている。

都市一つが犠牲になりかねない戦力でありつつ、魔王の手にかかれば量産されてしまう。

今は魔王が眠っているから、勝手に増えたりはしないのが救いだ。

「上級……まだ僕は会ったことがありません」

するりと彼の手が、腰に差した刀の柄《つか》へと伸びた。

エリン同様、大小二振りの太刀《たち》だ。

「僕でも斬れますか?」

「分かりませんね」

ザンバの視線がぬらりと動く。

俺が腰に差している、自衛用(あとスキル緊急発動対象用)の安い剣を見ている。

「では、一手試してみるのは……」

「そういうことのためには剣を使いません」

俺はピシャリと言い放った。

ソードエックス家の三男である彼がバトルジャンキーキャラなのは『2』で履修済みだ。

この柔らかい物腰に騙《だま》されてはいけない。

裏側には、強者と斬り合って、その果てにどちらが死ぬかの勝負がしたいという破滅願望一歩手前の狂気が潜んでいる。

「それは残念です」

「……ザンバ殿、ここはソードエックス家の屋敷ではなく、王城です」

「はは、失礼しました」

後ろのカデンタが釘《くぎ》を刺すも、ザンバは笑って受け流した。

「こちらのレポートは」

「持って帰っていただいて構いません。むしろソードエックス家の手に渡った方が、色々と活用できるでしょう」

「では、ありがたく」

レポートを小脇に挟んで、ザンバがソファーから立ち上がる。

あれ？

えっ……終わり!?　マジで!?

ソードエックス本家が出張ってくるんだから、絶対もっとダルい話されると思ってた！

うわー俺めっちゃ偏見持ってたわごめんなさい……

「ああそうだ、エリン、それは何だ？」

「へっ？」

と、ここまで妹に声どころか視線すら向けていなかったザンバが、突然熊のぬいぐるみを指さした。

しまうにしまえなかったからずっとわきに置いてたんだよなこれ……

「あ、あはは、その……さっき、買ったんだけど」

「そうか。そういうのに興味を持つようになったんだな」

妹の成長が喜ばしい、とでも言わんばかりの表情をザンバが浮かべる。

「そんなもの、ソードエックスには要《い》らないだろう」

——抜刀の音はしなかった。

目にもとまらぬ一閃《いっせん》だった。

ザンバが放ったそれはエリンが抱え上げたぬいぐるみを引き裂かんと襲い掛かる。

だが寸前で俺の掌《てのひら》に激突し、受け止められた。

「……えっ!?」

「ほお?」

さすがはソードエックス家だ。三男でこのレベルとは恐れ入る。

目を白黒させるエリンと、面白そうに笑みを浮かべるザンバ。

「ザンバ殿」

背後で気配が膨れ上がる。

王城内での抜刀——よりにもよってカデンタの前で、だ。

「身内のことです、妹にげんこつを落とそうとしただけですよ。しかしハルート殿が割って入るとは思わず、申し訳ない、傷の治療代は出します」

「言いたいことはそれで終わりですか」

「よせ、カデンタ。別にこれぐらい大丈夫だ」

彼女が本格的にキレる前に、手で制した。

多分ザンバも、俺が騒ぎを大きくしないと見込んで仕掛けてきた。

「しかし……！」

「せ、センセ、大丈夫……!?」

手のひらから落ちる血が、王城の絨毯《じゆうたん》にポタポタと落ちる。

受け止めるつもりだったが、威力を殺し切れず、浅く斬られたか。

俺は刃をぱっと離した後、彼に笑みを向けた。

「伝えていませんでしたね。エリンさんは授業態度も真面目で、よくやってくれています。ご心配することは何もないかと」

「……ソードエックス家とは気風が違うようですね」

「生徒の自由を守りつつ、『真に』有効な教育を施すのが教師の仕事ですから。我々のげんこつはよく効きますよ」

お前らとは違うんだよ、と言外に伝えれば、興がそがれたかのようにザンバの表情が色をなくした。

「……次はそちらにお伺いします」

「学校に？」

「ええ、またお会いしましょう。その時に改めて、お話できればと」

それだけ言って彼は剣を納め、部屋から立ち去っていった。

発動しているパッシブスキルのおかげで、血はもう止まっている。

俺は真っ赤になってしまった手をひらひらと振りながら、カデンタを振り向いた。

「絨毯って俺が弁償しなくてもいいよね？」

そういう問題じゃない！　と二つの怒号が重なり、俺は苦笑いを浮かべることしかできなかった。

◇

ザンバ・ソードエックスが部屋から出ていった後。

絨毯に滴った俺の血は、魔法で浮かび上がらせて除去した。

流石にこれは物的証拠過ぎるからな。

「同胞《はらから》よ、彼女を行かせて良かったのか」

エリンは逡巡《しゅんじゅん》した後に、兄の後を追って部屋を出ていった。

ソファーには彼女のぬいぐるみが寂しげにぽつんと座っている。

「多分大丈夫だ……さっきの攻撃、エリンには傷一つつかないよう気を遣ってたから」

「しかし同胞、貴様に血を流させるほどの威力だったではないか」

「彼は俺が受け止めるのを読んでたよ、その上で斬撃を工夫してたんだろうな」

説明するも、カデンタは釈然としない表情だった。

まあ納得いかないよな。

俺は『2』のシナリオで、心の底では妹を大切に思っていたというザンバの述懐を知っている。

だからこうして、出会ったばかりの相手の深層心理を把握することができる。

原作知識、最高！

「だが問題は他にもあるだろう」

「ああ。あの気迫で三男坊っていうんだからすげえよな」

「そこじゃない」

渋面を浮かべるカデンタに対して、俺はソファーに座り直してから自分の掌を見せた。

血を拭き取った後の皮膚には傷一つない。

パッシブスキルの恩恵だ。

ザンバやエリンは体に傷が残っていた。それは乗り越えてきた修練や修羅場の証明なのだろう。

だが俺は真逆だ。

このスキルは戦闘を継続するために有用だ。

小さな傷の積み重ねで血を失い過ぎないよう、毒が回り戦闘困難にならないよう。

常に最高の状態で戦うため、戦闘マシーンとしてのクオリティを担保するスキル。

深手を即座に治療することはできないが、安静にしていれば勝手に治る。

俺から見ればスキルと呼ぶべき代物になっているが、他の人への説明としては、勇者の血筋の体は再生能力も生まれつき半端ないといったところだ。

「俺は騒ぎを広げるつもりはない。傷をつけた証拠がない。俺も向こうも何もなかったと言っている。エリンだってお兄さんと俺が諍《いさか》いを起こすのは嫌だろう」

あらかじめ人払いをしておいて良かったよ。

部屋の中にいた四人しか、この事態を知らないんだ。

「後はカデンタ、お前が何もなかったと言えばそれで終わりだ」

「……納得はいかんが、理解はした。だが貴様がここで穏便に収めようとしなかった時のことを、ザンバ殿は考えていたのか？」

「こういうのって、相手をきちんと読み切ってたらむしろ正解なんだよ。彼は俺相手に、そこをきちんと考慮していた」

時にはルールを無視した直訴が功を奏すように、危険な正解というものがある。

今のところ、何が目的だったのかは分からないが……ザンバが王城で剣を抜いたことは、俺に対して何かを印象付けようとしている感じがあった。

原作知識があるからこそ、俺は彼が単なる危険人物でないことを知っている。だがザンバがむしろ、そう見られるように仕組んでおきたかったのだとしたら……

「分かった、分かった。貴様がそう言うのなら、こちらも胸に収めておこう」

「まあそういうわけだ。悪いなカデンタ」

「構わんよ、と言いたいが……本当にそれだけか？」

カデンタがこちらの顔をのぞき込んでくる。

俺はふいと目を逸《そ》らして、頬を指でかいた。

「ああ、そうだよ」

「貴様は嘘をつく時に右の人差し指で左頬をかく。変わらないな」

「えっほんと？」

「ああ、嘘だ。本当は別の特定行動がある」

ヒエッ……

俺もうこいつの前で嘘つけないじゃん……

「本当は何を考えている」

「そんなに、掘り下げたいところか？」

「悲しいな。同じ学び舎で育った盟友《とも》相手に隠し事か」

ぐっ……それを言われると弱い。

ただでさえ少ない友達をなくすわけにはいかない。

「……エリンの家だからな」

結局、俺が彼の蛮行を見過ごす理由はそこに尽きる。

カデンタは呆《あき》れかえったような表情を浮かべた。

「エリンはまだ選択肢があることを知らない子供だ。もしかしたら卒業した後、あの子は家に戻ることを選ぶかもしれないだろ」

「認めるのか、そんなことを」

彼氏じゃねえんだよ、と思わず苦笑した。

「俺は彼女たちにより良い生き方を教えられるような存在じゃない、それはもう教師じゃなくて教主様とかだろ」

「ならば……貴様は教師として、彼女たちに何を与える？　何を教える？」

今までの質問は多分、ここに至るための前提の確認だった。

カデンタはじっとこちらを見つめている。

昔からの友人が、急に転職して先生になって、ちゃんとやれているのか心配してくれてたのか。

なら、真剣に答えないとな。

数秒黙ってから、俺は言葉を慎重に選びつつ口を開く。

「俺は……あの子たちが、自分で選んだ道を真っすぐに歩けるようにしてやりたい」

それが世界を救う旅路であることを俺は知っている。

何を選び取るのかだって、大まかには把握してしまっている。

だとしても。

「彼女たちが途中でくじけたり、悲しみに暮れた時、支えとなるような何かを教えたい。自分の足で道を歩き続けることの難しさと一緒に、道の歩き方を教えてあげたい」

……じゃないと『2』のシナリオが進まないからな！

幸せになってほしいというのもあるが、それ以前に世界を救ってほしい。本当に。

冷静に考えるとやっぱ俺が気にしなきゃいけないこと多過ぎない？

「ハルート……」

「だから、ソードエックス家と事を構えるつもりはまったくない」

カデンタは目を見開いた後、深く頷《うなず》いた。

どうやらこれで丸く収めてくれるようだ。

「安心した、そしてそれ以上に教師として上手《うま》くやっているようで、感心したぞ」

「ははっ、褒めてくれてありがとな」

「我が母校をよろしく頼むぞ。まあ、彼女の様子からすれば、我々のように校舎を壊して回る問題児集団ではなさそうだが」

「そこは全然心配いらないぜ。こないだ校舎の近くの林を焼き払ったぐらいだ」

「それは既に片鱗《へんりん》が見えているのではないか……!?」

◇

王城の門を出て、ハルートとエリンはカデンタに別れを告げていた。

「今回は世話になったな」

「あ、ありがとうございました」

ザンバと何か話してきたのか、エリンは気落ちした表情だ。

これは帰り道で少し話を聞いてやるなりなんなりしないといけないな、とハルートは頭の中で候補の店をピックアップする。

「これぐらい同胞《はらから》のためなら構わんさ」

不敵な笑みを浮かべてハルートの肩を叩くカデンタ。

だがその後、彼女は一度表情を曇らせた。

「ただ……貴様は少し、身の振り方を考えておけ。マリーメイア嬢は相当に荒れているらしいぞ」

「荒れてるって……小鳥に囁《ささや》かれても無視してるのか？」

「貴様ちょっと彼女に夢を見過ぎていて本当に気色悪いぞ」

なんでだよとハルートは憤慨した。

マリーメイアはするだろそういうこと、と直球の妄想をむき出しにしている。

流石のエリンも担任のキモさに引いている中、ぽんとカデンタが手を打った。

「ああ、そうだ」

思い出したかのように、彼女はハルートの左手を取る。

それから口元まで持ち上げると、彼の手の甲にガリと牙を突き立てた。

「は」

エリンが口をぽかんと開けた。

牙を突き立てた箇所から、少し血がにじんだ。

それを見て、満足げにカデンタは牙をはなす。

「お、いつものか」

「うむ」

「最近は顔を合わせる機会が減ってたから、すっかり忘れてたよ」

あっけにとられているエリンに対して、ハルートは即座に傷の癒えた手を見せる。

「オールハイム家に伝わる高等魔法らしくてさ」

「おかげで貴様の取り巻き共には何度も殺されかけたがな……」

「まあお守りみたいなもんだろ？　ありがたいよ。昔からやってもらってるけど、本気の噛みつきに比べれば優しいもんだしな」

昔からだの、魔法だの、何だの。

ゴタゴタゴタゴタ言っているハルートの台詞《せりふ》すべてを無視して。

エリンは、その意図を正確に理解した。

傷がすぐに治るといっても、見知らぬ他人が彼を傷つけるなど我慢ならない。

先ほどの刃傷《にんじよう》沙汰《ざた》に対してカデンタが怒りを露わにした理由は、王城だからとか、大切なハルートに剣を抜いたとか、そういう問題ではないのだ。

「ではエリン殿、また会うこともあるだろう。それまでの間はよろしく頼むぞ、我が後輩よ」

尊敬できる先輩の顔をしながらも。

カデンタ・オールハイムの目は雄弁に語っていた。


——彼を傷つけるのは自分だけでいいと。

◇

王城を出た後、俺とエリンは粛々と道を進んでいた。

「少し時間を取ろうか」

「え、あ、うん……」

彼女がザンバと何を話したのか、確認したかった。

王城を出る時にリストアップしていた、城へ向かう際に街並みで見た休めそうな場所たち。

その中でも居心地の良さそうな喫茶店を目指す。

「センセは、王都慣れてるんだね……？」

「ん、一時期は拠点にしてたからね。とはいっても、だいぶん変わったけど」

流石に数年もあれば街並みの中に知らない建物が増えてくる。

「学校じゃない場所……お城の中だと、あたしガチガチに緊張しちゃって、何が置いてあったのかとか全然覚えてないや」

「覚えてなくてもいいさあんなの」

威厳のために置かれているようなものだ。

学生の頃に来ていたら、同級生たちと一緒に、気まぐれに数個ぶっ壊そうとしていたかもしれない。

「やっぱ髪の色変えたりしたからなあ」

「ああ……入学する時に変えたんだっけ？」

あれ、ザンバは特に何も言ってなかったよな。

でもギャルデビューしたエリンを、初めて見たんじゃないか？

それに関しては何も言わなかったのだろうか。

案外脳を破壊されてたりしてな。

そんなくだらないことを考えていると、目的地である喫茶店にたどり着いていた。

ドアを開けると、からんころんとベルが鳴る。

「いらっしゃいませ、何名様で……」

こちらに歩いてきた店員さんだったが、俺とエリンを交互に見比べて、何か納得したようにうなずく。

「失礼しました。お連れ様がお待ちですね」

「えっ」

店員さんが恭しく手で指示した先。

そこでは、四人席の片方に二人で並んで座る、俺の生徒たちの姿があった。

「おかえり～♡」

「うわ、ホントに来た……」

私服姿のシャロンとクユミだ。

二人ともしっかりオシャレをしていて、服の名前が分からない。

いやそうじゃなくて。

「なんで……いるの……？」

頬を引きつらせながらエリンが呟《つぶや》いた問いは、俺と全く同じ疑問だった。

今日はエリンと出かけるとは言っていたものの、目的やら場所やらは言っていないはず。対して、にひと笑いながらクユミが指を振る。

「ちょっと考えれば分かることだよ～♡　どう考えてもソードエックス家絡みでしょ♡」

「だからって、店の場所はどうやったんだよ」

「馬車の待合所から王城へ向かう道中で、入りやすくて落ち着いてるお店をいくつか調べて、その中でもせんせいが気に入りそうなお店、つまり緊張せず入れそうなとこがここしかなかったんだよ♡」

名探偵の推理そのものだった。

完全に心理を読み切られている。

「まあこれは、せんせいはお洒落《しゃれ》な店なんて知らないでしょっていう前提あってこそだけどね♡せんせいがデートのやり方も知らないだっさい大人だって信じたから予想できたんだよ♡」

「クユミ、言い過ぎ。否定はしないけど」

「はーい」

俺は泣いた。

ライン越えでしょこれ。

「もう、そうやってすぐセンセいじめるんだから……ほら気にしないで？　センセが逆にデートにもってこいなおしゃれなお店選んでたら、それはそれでびっくりしたと思うし」

「なんで味方の顔してトドメ刺しにくるんだよ」

とりあえず、泣きながらエリンと共に席に着く。

注文をしながらも、俺たちはソードエックス家三男であるザンバと顔を合わせたこと、魔族との戦いについて報告したことを共有した。

人数分の飲み物が揃《そろ》った後、クユミは両肘をテーブルについてエリンへと顔を寄せる。

「じゃあエリンちゃんは、こわーい大人に目をつけられちゃったんだ♡」

「怖い大人っていうか実家でしょ。ま、ソードエックス家は確かに怖い大人だけどさ」

コーヒーに砂糖を混ぜながら、シャロンはけだるそうな表情で指摘する。

「人のこと言えるほど、私もいい実家じゃないけどさ」

「へ～……シャロンちゃんって一応貴族だっけ？」

「一応ね」

一応て。

社交界の場で貴族の人たちと会ったことはたくさんあるが、みんなそんなに悪い人じゃなかったぞ。きちんと利益を生み出すために行動しているから、同意を得れば協力してくれたし。

「そうだよね、意外とあたしたちのクラス、家がおっきいもんね」

エリンはそう言って、俺とクユミをチラリと見た。

どうやらこっちの家はどうだったのかと聞こうとしている、あるいは聞いていいのか悩んでいるようだ。

普通に話題を広げていくなら、そりゃこっちにも振ってくるのが自然だろう。

俺はチラリとクユミを見た。

彼女は暗殺者の家系の出身だったはず。

エリンほどシナリオ中で明かされていたわけではないが、入学前から訓練を受けていたのは確かだ。

じゃなきゃあんなに強くなるはずがない。

「……ソードエックス家はその中でも大きいからな。今日は緊張したよ」

なので話題を切り替えた。

流石に喧嘩《けんか》になったりはしないだろうが、少なくとも愉快な気分になれる話題ではなさそうだ。

エリンは俺の意図を読んで、危ないと息をついている。

「やっぱり、エリンを連れ戻したがっているの？」

「うーん、あの人から聞いた感じだとそうみたい」

あの人、ってザンバのことだろうか。

兄に対する呼び名としては余りに不自然な単語に、一瞬だけシャロンの表情がこわばる。

「何話したんだ？」

「ん……そのうち帰ってこい、って。後、先生がどういう戦い方をしたのかって」

俺の事前情報を集めていたか。

だが、エリンの近況は自分で聞かなかったということになる。

「どうして、今になってって……思っちゃうよね」

たはは、と笑うエリン。

俺はその表情を見つめながら、微かな心当たりに表情を引きつらせていた。

大前提からの確認。

俺の体感だが、この世界には絶対に変えられない事象というものがある。

例えば、ハルートは俺の知るスキルをきちんと生まれ持っていた。

例えば、マリーメイアをヒーラー以外のジョブにすることはできなかった。

恐らくだが、エリンが実家を出て冒険者学校に来るのも変えられない出来事なのだ。

そこが変わってしまっては『2』が変わるどころかなくなってしまう。

だからエリンは一度家を出た。

しかし……彼女の価値が高まったことで、ソードエックス家はエリンを取り返そうとしてるんじゃないか？

だとしたら納得できる。ソードエックス家がこのタイミングで動いているのも、エリンが家から出た後、原作と違って彼女の価値が上がったからだろう。

三男ザンバがここで出てくるのは予想外だったが、基本的には彼が出てくるシナリオをなぞってくると考えていいのだろうか。

あんまり決めつけるとまずいから、似たようなシチュエーションが発生した場合は参考にする程度の意識で構わないだろう。

「──センセ、どしたの？」

「ん、ああ……」

考えに熱中していたせいか、気づけば三人がじっと俺を見つめていた。

「先生、大丈夫？　ストロー換えてもらう？」

「え？　あ……」

見れば、俺は無意識のうちに、アイスコーヒーに突き刺したストローをがじがじと噛んでいたようだ。

ストローが萎《しな》びたナスみたいになっている。生徒の前で情けない。

「せんせいってば、ストローを噛む人は愛情不足らしいよ♡」

「俗説だろ……」

勘弁してくれ。

クユミから見透かしたかのような視線が飛んでくる。

「あ、そうだ。センセ、ぬいぐるみありがとね」

思い出したようにエリンがぬいぐるみを取り出す。

そういえばさっき帰るとき、カデンタに袋もらってたっけな。

「え、何？　買ってもらったの？　ズル……」

シャロンがぬいぐるみを見て声を低くする。

さして高いものでもないし、大したことではないんだけどな。

「へえ～……でもそのぬいぐるみさあ」

クユミはすっと手を伸ばして、クマの鼻を指でちょんと押した。

「せんせいに雰囲気似てるねこの熊ちゃん♡」

「あ、確かに。なんか先生に似てるかも」

「なあそんなに似てるかなぁこの熊と俺！」

明らかに愛玩用のデザインなのにここまでみんなが同意するのはおかしいだろ！

しかし俺の反論は認められることなく、結局このクマ野郎は教室の後ろに飾られることとなるのだった。

◇

四人揃っての帰り道。

疲れてしまったのか、俺の肩に頭を乗せて眠るエリン。

その寝顔をぼうっと見ているクユミと、窓の外を無表情のまま眺めているシャロン。

静かな馬車の中だった。

唐突にクユミが口を開いた。

「三男の人、殺すの？」

「殺さない方法が一番だと思ってるよ」

シャロンがギョッとしてこちらを見た。

クユミはにひひと笑いながらも、瞳の中にほの暗い光を浮かべている。

「そっか。お手並み拝見だね♡」

「まあ……そうだな。頑張るよ」

いかんな。

この子と話してると、生徒というより仲間と話しているような気持ちになる。

呆然《ぼうぜん》とした表情で口をぱくぱくと開閉させているシャロンには悪いことをした。

心臓に悪いやりとりだっただろう。

「生徒の身内を殺すようなことは、なるべくはしたくないかな」

「なるべくなんだね♡」

シャロンはものすごく胃が痛そうにしていた。

本当にごめん……

第四章　教え導く先には

休日が終われば残念なことに平日が来る。

つまり授業が来る。

「準備が終わらねえ……」

平日の始まりの早朝、俺は職員室の自席で頭を抱えていた。

今までは余裕をもって準備できていたが、だんだんとボロが出てきた。

座学をやりゃほぼ知ってることなので興味なさそうにされる。

実技は設備の都合上できることが限られる。

もうひたすら上へと登っていくゲームとかしようかな、と本気で悩んでおります。

落ちた時に一番いい悲鳴を上げたやつの優勝でいくか。

「ということなんですけど、なんかいい案ありません？」

「この間あれだけ自信満々だったのにどういうことですか……？」

机が二つしかない職員室で、俺は俺の席じゃない方の机に向かい頭を下げた。

山のように積まれた書類をシュバババババババと処理していた教頭先生が、見るからに困惑の表情を浮かべている。

「正直できることないなあって。あの、ほんと、ここ来たばっかりの時にイキってすみませんでした」

「やっと昔の私の苦労を分かってくれたみたいですね」

本当に身に染みて分かった。

生徒が強過ぎると何を教えたらいいのか分からんわ。

カデンタ相手にあれだけ教師とはこういうものだとか言ったけど、全部なかったことにしてほしい。今何も分からなくなってきてるから。

「具体的には……座学は三人とも問題ないですよね」

「ええ。エリンとクユミは、戦術講義に関して全部知ってるっぽいすね」

教本を片手に嘆息する。

どちらも実家で戦闘に関する訓練を受けていたわけで、当然ながら通常カリキュラムは済ませてしまっている。

何ならクユミは応用編まで完璧に頭に入れていた。

あのキャラで秀才なの明らかにおかしいだろ。

「例えばそこでハルート君が知ってる、実戦での知恵を話すなんてどうです？」

「俺がやってきた戦術って大体、その、敵を発見して両断するって感じなんですけど」

「じゃあ失格ですね。君は不適格よ」

「教頭先生？」

なんか冷たい言葉が聞こえたんですけど？

「あと……一応真面目に、その、どっかの国軍とかと合同で作戦をした時とかに戦術立案やら何やらをやったことはあるんですけど、そのへんは教科書に載っちゃってるので、もう知られてるんですよね」

「規模が大き過ぎて聞いたことのない悩みですね……」

というわけで、俺が三人に座学をするのはほとんどシャロンのためになってしまう。

むしろ俺の説明が不充分だったりすると、クユミから質問が飛んでくる。

シャロンの理解度を深めるための、俺がどう回答すればいいのか明確な質問ばかりだ。

生徒っつーか教育実習を見守る先生みたいな立場に居座ってやがる。

「もうウィーアーザワールドでも歌わせようかな……」

「よく分からないけど、座学は三人とも目的をもって受けているみたいだし、今まで通りでいいんじゃないのかしら」

確かに、無理して満足度を高める必要もないか。

「教えているという実感がないのは、生徒が天才じゃなくても生じる問題です。そこで教師が頑張るのは、時として単なる自己満足になってしまうこともありますよ」

「……ですね、ありがとうございます」

なら、ひとまずはこの教本をきちんと教えていくのを目標にするか。

「じゃあ問題は実技ですね」

「ハルート君が模擬戦の相手をすればいいんじゃないかしら?」

「それだ」

ほんまやんけ。

えっちょっと待って?

仮想ターゲットとかじゃなくて俺がやればええやん。

「本当に思いついてなかったのね……」

教頭先生は戦慄した様子で視線を向けてきた。

俺が天才過ぎただろうか。

とはいえ方針は決まった。

俺は『CHORD FRONTIER』のOPを脳内で爆音再生しながら、さっそく授業の準備に取り掛かるのだった。

◇

「というわけで今日は皆さんのステータスの中でも速度に関して引き上げていこうと思います」

「センセ、何言ってるか分かんない……」

訓練場に並ぶ三人はそろって困惑の表情を浮かべていた。

ギリ分かるようにかみ砕いて言ったはずなんだが。

「まあスピードは冗談なんだけどな。シャロンにはあんまりいらないし、エリンとクユミはもう充分過ぎるし」

「じゃあ何するわけ？」

きょとんとした様子のシャロンに対して、俺はにやりと笑う。

「みんなのアクティブスキルを乱発して習熟度を上げるんだよ」

「せんせいもっと意味分かんなくなっちゃってるけど♡」

しまった、今度は純度１００％で分かんないこと言っちゃった。

「というわけで俺をサンドバッグにしてもらおうと思う」

「つまりどういうこと……？」

「それぞれの技を俺に叩《たた》きこんでもらう」

「【砕くは星】」

「あっちょっと待って」

早い早い早い。

一刻も早く発動しようとし過ぎだろシャロン。

気づいたら突撃槍《とつげきやり》がこっち向いてたわ。

「まずエリンからでいこう、な？」

「分かったわ」

残念そうに突撃槍の砲撃機構を閉じるシャロン。

ガシャガシャと音が鳴り響いてかっこいい。

これ好きだったなあ。意味もなく戦闘に突入してこの音聞いてた。

「じゃあエリン、この間は太刀《たち》を横に振るってたけど、あれの縦をやってみようか」

「えっ!? せ、センセなんで『縦一閃《たていっせん》』知ってんの!?」

あっやべ知らない感じじゃないとだめだった?

ていうかもしかしてこれ、アクティブスキルとして軽く見てたけど、ソードエックスの奥義みたいなものだったりする?

「ま、まあ横があるんなら縦もあるかなあって……」

「そうなんだ……さすがだねセンセ……」

適当に誤魔化して、さっと剣を構える。

シャロンとクユミが距離を取ったのを見て、エリンはしゃらんと太刀を抜く。

小太刀の方だ、縦一閃《たていっせん》の時に使うのはこれだよなあ！ テンション上がってきた！

「いくよ、センセ！」

引き抜かれた太刀が光を宿し、刀身がブレる。

飛翔《ひしょう》する斬撃が俺を頭頂部から真っ二つにしようとするのを、半歩横にずれて避《よ》けた。

「えっ……」

どがーん！ と地面に斬撃が激突し、派手に土煙が舞う。

俺は一つ頷《うなず》いて、彼女に次の指示を出す。

「連発しよう」

「あっ、はい！」

エリンがズバズバと剣を振るい、そのたびに練習場の地面が切り裂かれていく。

ＳＰゲージの溜《た》まりの早い技だからなあ、ゲームだったらこれでもうゲージ消費技を打ってのサイクルに入れるんだけど。

「横より避けられやすいって思う？」

避けながら問いかけると、エリンは歯を食いしばって斬撃を打ちながら頷いた。

「ひとまず目標として、俺に当てよう。防御できるから」

「は……はい！」

どうもエリンの『縦一閃《たていっせん》』は、先日見た『横一閃《よこいっせん》』に比べて洗練されていないように感じる。技の始めから発動までがちょっと長い。恐らくは横ほど打ち込んでいないため、動きに体が慣れていないのだろう。

そうして五十発か六十発ぐらい撃たせたところ、エリンは疲労困憊《ひろうこんぱい》といった様子で、肩で息をし始めた。

「じゃあちょっと休憩」

最後に飛んできた斬撃をパシっと剣ではたき落として告げる。

エリンは座り込んで、そこそこに絶望的な表情を浮かべた。

「な……なんで当たんないの……？」

「読まれないように視線散らしたり体の動き変えたりしていかないとだなぁ」

アドバイスしていると、一段落したのを見てシャロンたちも寄ってくる。

「流石《さすが》先生って感じだったけど……なんていうか……こう……」

「キモい踊りみたいな動きしててキモかった♡」

ガチで傷つく言葉が飛んできた。

膝に来てしまった。エリンの隣で崩れ落ちる俺を、クユミがきゃはきゃは笑いながら見下ろす。

「でも、エリンの縦の動きはこの間ぶりに見たけど、やっぱり横とは感覚が違うものなの？」

「う、うん。それに、ちょっと完成度低いからさー」

シャロン相手に、エリンは頬の横に垂れる髪を一房弄《いじ》りながら言葉を続ける。

「『縦一閃《たていっせん》』は、あの人……ザンバお兄さんがやってるのを見て、見様見真似《みようみまね》で習得したから」

――は？

ちょっと耳が壊れた。意味が分からなかった。

え？　エリンってソードエックス家に拾われて訓練を受けててそれでソードエックスの剣技を習ったんだよな？

いや確かに習ったというか習得したって言われていたけど。

でもどう考えてもそれって、訓練を受けた結果のはずだよな？

「エリン……あなた何言ってるの……？」

「本当にどういうこと？　レクチャー、されたんだよね……？」

「うん？　『横一閃《よこいっせん》』は習ったけど、『縦一閃《たていっせん》』は習ってないよ」

　この時ばかりはシャロンとクユミも明確に引いていた。

　表情と視線には、驚愕《きょうがく》を通り超えた恐怖が宿っている。

「だからだと思うんだよねえ、もっとうまくならなきゃ……」

　あははと笑うエリンに対してかける言葉が見当たらず、俺は縋《すが》るようにしてシャロンへと視線を向けた。

　彼女は戦慄の表情を浮かべていたが、俺と視線を重ねると、すっと無表情になった。

「……いや先生に怖がる資格ないから」

「あ、はい」

　冷たく切り捨てられた。悲しい。

　俺は首を振って意識を切り替えると、その場で立ち上がった。

「よし、それじゃあ授業を続けようか……次はシャロンだな」

「私の場合はどうすればいいわけ？」

　以前余波で訓練場の設備を破壊する寸前までいったシャロン。

　不安そうにしている彼女に、俺は力強く親指を立てた。

「大丈夫だ、今回は先生が受け止めるから」

「……全力でいいんだよね？」

「もちろん。あっ、だから二人はさっきよりも遠くに離れておいてくれ」

俺の注意を聞いて、青ざめるエリンと面白そうにするクユミがすたこらさっさと離れていった。

練習場の外壁を背にシャロンと向き合う。

彼我の距離は、有視界戦闘において斬撃と砲撃が交じり合う間合い。

「【鎖《とざ》すは鋼】――っと」

詠唱の四分の三を省いた形で防御魔法を展開する。

一応、分類としては上級防御魔法だ。たいていの攻撃はこれで防げると教科書にはある。

タチの悪い上級魔族連中にブチ破られて体をズタズタにされた記憶ばかりなので信頼性は低いぜ。

女騎士にいたっては練習試合中に素手で引き裂いてきたぜ。

訓練とはいえ、あの時だけは本当におしっこ漏らしそうだった。

「……ッ、【砕くは星】【黄金の角】」

準備を終えたので頷くと、シャロンが視線を鋭くして詠唱を始める。

どうやらこっちの短縮詠唱を聞いて、舐《な》められていると思ったようだ。

ガシャと音を立て突撃槍が構造を展開。

鋼と鋼が互いに作用し、スライドして砲身を形成する。

「【荘厳の前に跪《ひざまず》き】【自ら目を潰すがいい】」

甲高いチャージ音と共に、あふれかえる過剰魔力が周辺の地面を無作為に穿《うが》つ。

やっぱフルパワーだとこれあるのか。結局モノ壊れてんじゃん。

「――放射《fire》ッ！」

放たれた砲撃を、正面から受け止める。

光が炸裂《さくれつ》して目を焼く中、上級魔法がピシッと微《かす》かな音を立てた。

よく見るとうっすらヒビが入ってる。表面だけとはいえこれ本当に使えねえな。

「……っ。無傷!?」

「いやちょっとだけ傷入ってる、凄《すご》いぞこれ」

どこが……とシャロンはまなじりをつり上げた。

突撃槍へと魔力が充填されていく。

「……!」

「――放射《fire》!!」

詠唱破棄、ではない。

これはシャロンが所有するアクティブスキル『詠唱連鎖《チェインファイア》』だ。

簡単にいうと直前の詠唱を参照してもう一発魔法を撃てる。

いやこんな悪さしかしないようなテキストあるか?

残念なことにあったのでシャロンは高頻度最大奥義連打スキルサイクルを開発されて、環境を完全に破壊した。

ソシャゲなら間違いなく修正が入っていただろう。敵皆殺しシングルタスクお姉さんのあだ名は伊達《だて》じゃない。

「へえ、連射できるのか!」

知らなかったという顔をしながら、俺は防御魔法に魔力を注ぎ込んで傷を補修する。

直撃したシャロンの砲撃魔法が、片っ端からこちらの防御魔法の表層を削り取っていく。

「こんのォォ……ッ！」

魔法の向こう側から聞こえる声に、明らかな苛立《いらだ》ちが籠《こも》る。

単節詠唱如《ごと》きを粉砕できないことが信じられないのだろう。

まあ上級防御魔法ではあるので、当面の目標はこれを一発で破壊することかな。

「ハァッ……！　ハァッ……！　ハァッ、……ッ!?」

やがて光の放射が止《や》み、えぐれた地面と、肩で息をするシャロンの姿が露《あら》わになった。

こちらの防御魔法が健在なのを見ると、彼女は再度口を開く。

「【砕くは星】ッ」

「あーちょっと待って」

防御魔法を消すと、向こうは不満そうな表情でこちらを睨《にら》んできた。

「……あと十発は撃てるんだけど」

「魔力の循環量としてはね。でも体の方に負荷かかり過ぎるよ」

ひとまず、二発で砕けるようになろうと俺は言った。

「根本的に、実戦においてフル詠唱の同じ魔法を何度も許すやつはあんまりいないよ」

「私は詠唱連鎖《チェインファイア》できるから――」

「複数回って言っただろ。二回目の時点でもう強いやつは対応を練ってくる。だからひとまずの目標が二発だ」

『詠唱連鎖《チェインファイア》』がめっちゃくちゃ素晴らしい強みなのは事実だ。

これが凄いのは、例えば初見殺しの魔法をもう一度放つとして、詠唱なしのフル出力を不意打ちで放つという、二重にして別角度からの初見殺しとして成立させられるというところだ。

詠唱されたらガードを固めるという意識を持った相手に、詠唱なしでガードの暇なく二撃目を叩き込める、というのが具体的なケースになるかな。

俺の説明を聞いて、むー……と唸《うな》りながらも、頷くシャロン。

何発叩き込んででも相手を壊せばいいだろう、と思っているのをひしひしと感じる。

このあたりの考え方は、また機会を作って修正してあげた方がいいかな。

「じゃあ最後、クユミだね」

「はーい♡」

左右のダガーを逆手で握り、満面の笑みを浮かべるクユミ。

「何やるか分かるか?」

「最高速度の確認♡　あとその持続時間の確認♡　最後に最高速度を出している最中の動きの精度の確認でしょ♡」

なんで分かるんだよ。

「あ、合ってるよ……じゃ、じゃあ始めようか」

その刹那、クユミの姿が視界からかき消えた。

手に持った訓練用の剣を振り回して、背後と左右から浴びせられた斬撃を防ぐ。

「一瞬でトップスピードを出せるのか、流石だな」

「それはもう前提に組み込んでたくせに♡」

激しい火花と衝突音の中でも、彼女の声が明瞭に聞こえる。

クユミの動きの軌跡を線として辿《たど》っていけば、俺を閉じ込める鳥かごとなるだろう。

「やっぱ防がれちゃうかあ、なら――」

後方からの攻撃を察知して防御に回ろうとする。

だがクユミは距離を詰めるのではなく、バックステップしながらダガーを投擲《とうてき》していた。

それを剣で弾《はじ》き飛ばす。剣を振り抜いたところに桃色の残影がもぐりこんでくる。

なるほど、こちらの間合いの感覚を狂わせにきたか。

突撃を受け流せば、彼女はそのまま後ろへと走り抜け、投擲したダガーを空中で回収した。

上手《うま》い。速い。強い。

学生レベルはとうに超えてるな。

「オッケー」

三度クユミの姿が消えた。トップスピードだ。

後ろと見せかけて、左側。

喉を切り裂かんとしたダガーの刺突を避けた後、クユミの腕をつかんで拘束する。

「……ッ!? やば過ぎでしょ♡」

「現段階では申し分ないな。全部予想より上だった。これだけ持続できるのなら問題ないだろうしな」

拘束を解くと、クユミはさっとダガーをしまって間合いを取り直した。

「ふーん、お眼鏡にはかなった感じかな♡」

他二人と比べて、納得した様子を見せるクユミ。

「ま、伸びしろまみれの二人とは違うと思うけど、面倒見てね♡」

どうやらクユミはある程度、自分がこれからどんだけ強くなれるかを把握しているらしい。

しかし残念だったな。

エリンたちギャル三人組による明るい世直しストーリーである『2』の作風の都合上、お前も普通に覚醒する。

お前が予想しているよりも、特に理由なく、お前はずっとポテンシャルを秘めている。

やっぱ『2』キャラと『1』キャラで色々違い過ぎだって！

アンソロジーコミックでもそこめっちゃ弄られてたじゃん！

「単純なスピードはまだ伸びしろあると思うか？」

「んー……どうだろね？　バーンって伸びたなあ、って思う頻度は正直減ってきたかな♡」

恐らく、バーンと伸びたタイミングでスキルの習得に該当する現象が発生しているのだろう。

彼女がさきほど発動していたであろうスキルにはおおよそ見当がつく。

アクティブスキル『殺戮証明《マジェスティデリート》』『鮮血の舞踏《キリングワルツ》』。

パッシブスキル『戦闘用思考回路《タクティカルシンキング》』。

この辺を全部発動させているんじゃないだろうか。

お前それラスダンとかでする動きだろうが！

はじまりの街にも到達していない現状でやっちゃだめだって！

あと名前が全部エグい。この外見で何なんだお前は。

「モチベーションを切らさないように、そこだけ気をつけてな」

「あ～、確かにそうかもね♡」

気にするべきは本当にそこだけな気がするなあ。

とりあえず時間もいい感じだし、三人を教室に帰すとしようか。

そう思って二人を呼び戻す。

「じゃあ教室戻ってもらおうと思うんだけど……」

エリンとシャロンが頷いた後、何故かスーッとクユミがこちらに寄ってくる。

「せんせいは……みんなの幸せのために戦ってる、って言ってたよね♡」

「ん、ああ……まあそうだけど」

急に生徒たちの前でポリシーを言われて、ちょっと恥ずかしくなった。

言葉にされると割とあれなんだよな、絵空事過ぎるかなと思ってしまう。

実際、一時的にはマリーメイアを不幸のどん底に突き落としているわけだし。

あっそこ考えたら本当に悲しくなってきたな。

俺の人生、このポリシーに反しまくっている上に大して成果が出ていないじゃん。

原作との乖離《かいり》にどっきりどっきりはするけど、ドンドンの勢いがない。

不思議な力はわかないから訓練しなきゃいけないし社会性テストは0点だ。

どう考えてもゴミ箱に捨てられるのは俺。

独り相撲カーニバルである。

「じゃ、そのために頑張ってもらうからね♡」

テンションが地の底を突き破ってしまった俺の頬を、背伸びしたクユミがツンツンとつついてきた。

力なく顔を向ければ、彼女の瞳が、俺を映し込んで妖しく輝いている。

「……クユミの楽しみって、強くなることなのか？」

「あとはせんせいをからかうことかな♡」

俺の負担がデカ過ぎんだろ……

◇

訓練の後片付けにハルートだけが残った後。

三人組は教室へと戻る廊下を歩いていた。

桃色のミニツインテールを可愛《かわい》らしく揺らす、級友の背中。

エリンは教室へと戻る道の途中で、それに問いかけた。

「ねえクユミ」

「ん、なーに？」

「さっきの、センセが戦う理由ってさ……あれ、あたしたちの前でそんなこと言ってたっけ」

「……そうだ、違和感あったんだ。先生から直接聞いた覚えがない。クユミ、それいつ聞いたの」

シャロンもハタと気づく。

先ほどクユミが彼としていた話。

あまりにも知らないから口を挟めなかったが、クユミが知っている理由は分からないままだ。

問いを受けたクユミは、立ち止まってから、ゆっくりと振り向く。

「いつだと思う？」

彼女の顔はいつもの、からかうようなものではなかった。

これは私の宝物なんだ、と。

そうハッキリ主張する女の顔を、クユミは浮かべていた。

◇

一日の授業を終えて、職員室でうんうん唸りながら授業の報告書を作成する。

教頭先生へと提出するためのものだが、手は抜けない。

何せＯＫ出たら中央政府の教育担当のところへ送られるからな。

俺が仮雇い同然の講師である以上、書類が甘ければ誰かが揚げ足を取りに来るのは容易に想像できる。

勇者の末裔《まつえい》というのはそれだけ敵が多いのだ。

原作ハルートが落ちぶれていった時、誰も助けてくれなかったのが何よりの証拠である。

「ふーっ……」

生徒たちが帰宅し、既に日が沈んで久しい。

教師職はやりがいを感じる手前の段階で、悲しいほどに時間を消費されまくってしまう。

「教頭先生、そっちはどうです？」

「もうそろそろ終わりそうです」

これで『終わったら二人で飲みにでも行きますか！』とかできないのが田舎のつらいところだ。

町へと繰り出してしまうと、結局就寝時間がバグってしまう。

走ればなんとかなるとは思うんだがそこまでの気力がない。

労働はクソ。

好きなことをして生きていきてえよ。

……『1』と『2』のシナリオが終わってからだなあ。

ひとまずは目の前の書類だ。今日の実戦訓練はかなり良かったと思う。

俺が仮想敵をやるの、すべてにおいてちょうどいいな。

「あっ」

「ん」

その時、俺と教頭先生が同時に声を上げた。

誰かが校舎に近づいてくる。ご丁寧に、侵入者を感知する結界に触れたうえでだ。

こちらの察知能力が高いからこそ成立するピンポンみたいなものである。

「これは……」

「俺が行った方が良さそうですね」

結界に接触した後近づいてこない。

まあ他人の家に勝手に入ってくるわけないか。

俺は教頭先生が頷くのを確認してから、職員室を出る。

冒険者学校は校舎二つと練習場、様々な備品を管理する倉庫のいくつかから成立する小規模な構造だ。

生徒の使う正門は、出た直後に町へ向かう方向と寮へ向かう方向に分かれる。

恐らくは町経由で来ているのだろう——馬車の音がする。

駆け足に校舎を出て正門へと向かえば、こちらにスッとお辞儀をする男がいる。

「また突然のことですみません」

「いえいえ、全然……」

ザンバ・ソードエックスと、彼の家紋を刻んだ馬車があった。

本当に来やがった。またこのメンツで遊ぼうねぐらいの口約束だと思ってたのに。

「本日はどういった御用で？」

問いかけつつも、頭の中でいくつか推論を巡らせる。

最も可能性が高いのは、この場でエリンを返せって言ってくること、か？

「先日いただいたレポートを確認したところ、ぜひ詳細を確認したいと仰《おつしや》る方がいましてね」

ザンバがにこやかな笑みを浮かべて言う。

彼は俺よりは三つほど年上だろう。

三つしか差がないとは思えないほど、ビジネススマイルの精度は段違いだ。

成人して少し経《た》った青二才である俺からすれば、社会で活躍するカッコいいお兄さんと言っても過言ではない。

転生とかのもろもろの事情すべてに目をつむればの話だけどね。

「……そちらの馬車に？」

「ええ」

ザンバがうやうやしく馬車のドアを開ける。

そこから降りてきたのは、和風の服装を優美に着こなした、妙齢の女性だった。

え知らねえ。誰？

「初めましてですね、勇者の末裔ハルート」

「あ、はい、どうも」

「エリンは元気にしておりますでしょうか？」

「ええ、もちろん」

俺は曖昧にほほ笑んだ後、ザンバへと視線を向けた。

誰なんだよこの人。

「こちら、僕の母です」

「……なるほど」

確かソードエックス家は……当主の最初の奥さんは前に亡くなっている。

それはシナリオでちらっと触れられていた。

じゃあ後妻さんってところか。

確かザンバもまた、エリン同様に剣の才覚を見込まれて拾われた身。

血のつながらない母親ということになる。

一家の中で血のつながりがなさ過ぎるだろ。別にそういう家庭があってもいいけど、ソードエックス家の場合は根本的に家庭として成立できていない。

「あのレポートを拝見させていただきました。そこで確認を取りたいのですが、あれが習得していたのが、縦の斬撃というのは間違いないのでしょうか？」

奥さんは丁寧な言葉の調子で尋ねてくる。

しかし声色は非常に高圧的だ。

お前が誰であろうとも、嘘をつくことは許さないと目が言っている。

こんな性格悪そうな……まあ、うん、気の強そうな感じなんだな。

出てくるの一瞬というかシルエットしか出てこなかったんだよなあ、現当主の奥さん。

確かに髪を上品にまとめて優雅な和服を着た姿は、輪郭に見覚えがある。

ヤバ、世界で俺だけがキャラデザ知ってるってことになるじゃん。

いかんいかんテンション上げてる場合じゃない、質問に答えないと。

「はい。エリンは縦の斬撃を習得していましたよ」

「ザンバ。これはどういうことですか」

「いやあ、『縦一閃《たていっせん》』は『横一閃《よこいっせん》』よりも難しくて難しくて……僕もまだ完璧とは言えないから、毎朝棒振りのついでに練習してましてねえ」

多分そこを見られたんでしょうねえ、とザンバが笑った。

……違和感。わざわざ当主の奥さんが聞きに来たのだから、異常事態なんだろう。

だというのにザンバは少しも動揺していない。

見られたんじゃなくて、見せたんじゃないか、と聞きたくなる。

「あれに習得が可能だったと？　ならば報告されていたあれの価値が随分と違うようですね」

「未熟なのは確かですよ。僕と打ち合えば十合ももたないでしょうし」

「ではソードエックス家のカリキュラムに適していなかったとでも？」

「恐らくは。なので、彼女が家を出て冒険者学校に行くことに、僕は賛成したわけです」

ザンバを奥さんが数秒にらみつける。

話を聞きながら、頬がひきつりそうになるのを自覚した。

これ、なんか、想像していたのと背景事情やらキャラの立場やらが全然違《ちが》え……！

王城での面談で、俺は彼女を庇《かば》った。

それはザンバが思っていたより血気盛んであり、雑な判断でも刃《やいば》を抜ける男だったから。

――やはり、そうではない！

こいつ俺が庇うかどうかで、エリンを預ける先として問題ないか見てたのか!?

「……評価が覆ったのならば、あれ専用にカリキュラムを組みなおしましょう。呼び戻しなさい」

しかし奥さんは無慈悲な宣告を下した。

えっ俺の存在なかったことになってる？

「あの、呼び戻しなさいっていうのは、つまり退学するということになりますが……」

確認のため一応問いかける。

奥さんは胸の谷間から扇子を取り出すと、口元を隠して俺を見やる。

「書類の処理は後日でも構わないでしょう？」

うわー、なんか決定事項になってる。

「申し訳ないのですが、即座にというわけにはいきません。何より当人の意思も確認できていないので」

「私たちの意思こそがあれの意思です」

力強い断言だった。

「我々ソードエックス家は大義によって振るわれる刃に過ぎません。我々の生活は自らの鋭さを限界まで高めることを意味します」

「……いざという時、自らが武器として本領を発揮する時まで刃を研ぎ続けるためには、この学校だと不満だと?」

「当然です。誤ったやり方で育てられた刀身には歪《ゆが》みが生じます。戦場を支配する絶対的な剣となるためには不要な手順です」

俺は奥さんと視線を重ねた。

彼女の眼はまっすぐだった。

「……俺、こう見えて最強の冒険者なんですよ」

「当然知っておりますわ。ですがあなたが最強の指導者であると聞いた覚えはありません」

「彼女は順調に育っていますよ」

単なる教師として、どこまで踏み込んだことを言っていいのか分からない。

だけど、やっぱり、相手の言葉に同意するのはどんなに頑張っても無理だ。

「話を聞いていると……あなたたちはエリンを育てたいのではなく、エリンが本当に強くなった時、自分たちの手で育てたんだという事実がなければ困ると言っているように聞こえます。あなたはエリンがどうこうではなく、家名を貶《おとし》められるのが嫌なんじゃないですか?」

「………………」

奥さんは信じられないものを見るような目で俺を見てきた。

ああ、多分だけど、ここまで突っかかられたことがないんだろうな。

「保護者の意向を無下にすることはできませんが、しかし生徒自身が望んでやって来た場所がここです。彼女自身の意思を確認しなければなりません」

「……明日にでも、エリン本人にこちらから手紙を出します。彼女は退学を申し出るでしょう」

それだけ言って、奥さんは馬車へとさっさと戻ろうとした。

「本気でやるつもりですか？」

「ええ。結果は変わりませんが、あなたは私を怒らせてしまいました。説得の余地を自ら消したと後悔しなさい」

ぐ、ぐえ～……もともとなかったものを取り上げたような感じ出すのズルいだろ～……

ザンバをちらりと見ると、彼は無表情のまま、こちらを見つめている。

えっ……何、怖いんだけど。

「ではごきげんよう。もうお会いすることはないでしょうけど」

「あ……」

奥さんに声をかけようとするも、どこ吹く風とばかりに彼女は馬車へと片足をかけた。

どうしたらいいんだ？

教師としては、そりゃ、保護者と生徒が自主退学を申請してきたら……認めるしかないだろう。

でもこれは、あんまりじゃないか。

俺は勇者の末裔だ。そして冒険者学校の教師だ。

しかし今、できることは何があるのだろうか。

このままエリンが、自分で退学すると言い出した時に、俺は。

沈黙をしている間に、奥さんは哀れむような眼でこちらを一瞥《いちべつ》した。

呆《あき》れかえった様子で溜息《ためいき》をつき、彼女は呟《つぶや》く。

「愚かですね。最強の冒険者と聞いていましたが、これではあなたが率いていたという最強のパーティの実態も知れるというもの……」

あ!?!?!?!?

テメッ、おい、お前今何!? マリーメイアのことを!?

マリーメイアのことを馬鹿にしたの!?

お前おいブチ殺すぞお前お前お前!!

「……スーッ」

落ち着け。

俺は社会人だ社会人なので怒りを制御できるアンガーマネジメントというやつだ息を吸うのだ。

何秒だっけ六秒? 六秒あれば全員殺せるなヨシ。

酸素を確保したので落ち着いた。喋《しゃべ》れる。

「あの、すみません」

「何でしょうか。こちらにはもう用件などありませんが」

馬車に乗り込もうとする奥さんに、俺は努めて冷静な態度で声をかける。

「ソードエックス家ってさ」

「はい？」

「ダッサイ名前だよな、いつ改名すんの？」

ブチッ！　と奥さんの額に青筋が浮かんだ。

クズ勇者ハルートは誰が相手でも、礼儀を知らないし上から目線だし、最低のカスそのものの言動をするのだ。

昔取った杵柄《きねづか》ってやつだな。

「ぶふっ……ははははははっ!!」

ザンバが爆笑している。

お前は笑っちゃダメだろ。

「何を……言っているのですか……？」

「この俺が、勇者の末裔ハルート様がエリンの後見人になってやるよ。そしたらソードビーエーの皆さんが何を言ってきても関係ないだろ」

完全にキレ過ぎて、逆に頭が回り始めた。

そうだ。教師だから親の言うことは聞かなきゃとか思ってたけど違うわ。

俺、最強の冒険者。

じゃあエリン、最強の冒険者の弟子。

ソードエックスより強い。

強き者が強い、これジャングルの掟《おきて》。

完璧。お前たちは額を地面に擦《こす》り付けて詫《わ》びる。

「本気で？　本気で言っているのですか？」

「四の五の言うより早いだろ。お前たちソードケーエー家が束になるより俺の方が優秀なら、エリンをより強い存在にできるのはこっちになる」

お互いに潰し合うわけじゃない。

エリンを育てていく上でどっちが優秀なのか、あくまでその一点を決めればいい。

「……理解できません。あなた、そこまでする理由があるのですか？」

「あるさ。血がつながっていなくとも、迎え入れた子供をアレ呼ばわりするやつに、俺は自分の生徒を預けたりなんてしない」

奥さんをキッとにらみつけて、俺は粛々と告げる。

「あんたたちにエリンは渡さない。あの子が力強く育つのを、せいぜいほえ面かいて遠くから見ているがいいさ」

……ていうか、そうじゃねーと『2』のオープニングが主人公不在になるだろうがこれ！

あっぶねえな！　そうだわ冒険者学校から始まるんだから普通にダメだわ。

シナリオを壊そうとするのなら、いくら生徒の親とはいえ許せぬ。

「お互いにワガママなことを言ってるんだから、通るのは片方だけだろ。じゃあ決めようぜ、どっちのワガママが通って、どっちの願いがゴミ箱行きかって」

俺はニコニコと笑いつつ、心の中で中指を立てながら言った。

「……天に吐いた唾は呑《の》めませんよ」

「やり方はそっちが決めていい。場所もだ」

「ではソードエックス本家邸宅にて。決める方法はこちらで用意します」

「それでいい」

敵の本拠地へと乗り込み、敵が定めたルールに従い、堂々と勝って帰る。

それで、エリンを育てる権利を獲得することになる。

エリン自身の意思を置き去りにはしてしまったが、今回ばかりはこれで良かったはずだ。

物言いからして、向こうはエリンのことを、家に逆らえないように育てているのだろう。

確かに『2』のシナリオの感触も、喧嘩《けんか》別れというよりはエリンが勝手にするのを容認したというスタンスで、どうでもいいからこその放任になっていたという記憶がある。

厳しい修行を課しながらもドロップアウトには寛容であるという、使えるやつだけは逃がさない、ひどい仕組みだなと感じたものだ。

ただこのやり方をするのなら、本当に優秀なやつを逃がした瞬間にマジで意味がなくなる。

ゲームやってる時も、エリンの才能を見抜けないの本当にしょうもなさ過ぎだろ……と呆れ返ってしまった記憶がある。

でも『2』だと才能はあるけど気分屋だから落ちこぼれみたいな扱いだったからなあ。

微妙なところだ。まさか本当に世界最高峰の才能を有しているとは思わないだろう。

「では、そのように……ザンバ」

「はい」

硬い声で一言だけ残して、奥さんは馬車に乗り込んだ。

ザンバもまた戻ろうとし、こちらにちらりと視線を向ける。

「期待していますよ」

「面白い見世物になるだろうからな」

「ええ、頑張ってください」

微笑《ほほえ》みながら、彼もまた馬車に乗り込んだ。

二人を乗せた馬車は走り出し、見る見るうちに小さくなっていった。

さて、ここまで啖呵《たんか》を切ったからには、明日からの訓練はガチでやらないとな。

……いやでも、冷静に思い返せば。

奥さん、おっぱい大きくて美人だったな。ご当主が羨まし過ぎる。

◇

「わー、様子見に来てみたら超大変なことになってるね♡」

「エリンを勝手に連れて帰ろうとするなんて、あんまりでしょ……ねえエリン、エリン？」

「え、えりんはわたさない……えりんはわたさない……」

「ダメみたい♡」

「そだね……まあ、気持ちは、分かるかな……」

◇

エリンに関する取り決めをソードエックス家と交わした後。

俺はあれから数日、訓練時間はずっと『縦一閃《たていっせん》』を撃たせている。

「これで三十回目だな、エリンは休憩に入ろう」

「はあ、はあ……は、は～い……」

最後の一撃をパシと受け止めた後、休憩を告げる。

だんだんと精度は上がってきた。いい傾向なんじゃないだろうか。

「あ、エリン」

「ん？」

「お兄さん……えっと、長男と次男に会ったことはあるか？」

確認しておかねばならないことを尋ねると、エリンは少しの間視線を宙にさ迷わせて考え込んだ。

「う、う～ん……ちらっと見たことは、多分。でも話したことは全然ないかな」

「そっか」

なら原作通りっぽいな。

長男と次男が姿すら見せないのは、興味がないからだ。

やつらは自分こそがソードエックスであり、この名前のすべてが自分によって価値を持っていると本気で信じている。

今回ばかりは都合がいい。

仮に決め方が、直接戦闘によって実力を測る形だった場合。

教導部隊がいくら薙《な》ぎ払われようとも、長男次男は関与してこない。

むしろブチ転がされた連中が悪いとさえ言ってくるだろう。

実のところ『2』本編でソードエックス家の長男と次男はちらっとしか出てこない。

我々プレイヤーは、二人がテイル王国を代表する二大剣客であることを知りつつも、その実力を見ることはかなわない。

何故《なぜ》なら……二人は魔物に体を乗っ取られた後、ザンバの手によって討たれるからだ。

ソードエックス家は最終的にほぼ壊滅状態となり、エリンが頑張って再興していくこととなる。

「あ、でも二人とも、めったに帰ってこないし、今は他の国にいるから……」

「ああ、今回は顔を見せないだろうな」

俺の言葉に対して、エリンはきょとんとした様子で首を傾《かし》げた。

「……センセって、今度その、あたしと一緒に行くわけじゃん？」

ソードエックス本家からは、本人であるエリンを連れてくるようにと言われている。

なので、勝負に勝ったら俺が後見人となることもエリンには伝えた。

「あの人たちと……戦ったりするのかな？」

「どうだろうな。やり方は向こうが決めるわけだから」

「ま、負けないよね？」

不安そうにこちらを見てくるエリン。

幼い頃からの訓練の影響か、恐らく兄たちの実力が絶大なものであると印象づけられているのだろう。

俺は彼女の不安を払拭すべく笑みを浮かべる。

「ああ、俺がかちゅさ」

めちゃくちゃ普通に噛《か》んだ。

「…………」

「…………」

エリンは半笑いになった。

そのまま何も言わず、そっと後ろへと下がり、シャロンと交代すべく立ち去っていった。

俺は泣いた。無言が一番傷つく。

入れ替わりにやって来たシャロンが、鼻息荒く突撃槍を砲撃モードに移行させる。

「先生、今日こそ防御魔法を木っ端みじんにしてあげるから！」

「はい……俺は生徒を気遣うことすらうまくできない虫けらです……」

「……なんで何もしてないのにプライドが木っ端みじんになってるの？」

不思議そうに首を傾げるシャロン。

「……人間にはこういう日もあるんだ。ためになったかな？」

「それは別にいいけど、先生の戦闘力を知ってると人間アピールされても違和感しかない」

本当に酷《ひど》い暴言が飛んできた。

「ほら、エリンみたいに私も強くなりたいから、早くして」

「ん、ああ……え？　エリンみたいに？」

「え？」

シャロンの言葉に俺は首を傾げた。

エリンはまだ強くなっている最中だ。そんな目に見えて成果があっただろうか。

「……先生、多分なんだけど基準がおかしくなってる。エリンもう、最初と全然別物の攻撃を撃ってるよ」

「でもまだ俺に当てられてないぞ」

「それは先生が人類最強の勇者だからだよ……」

言われてみれば、と俺は今日の訓練を想起する。

速くはなっている。鋭くもなっている。

「もしかして……」

俺が定めた合格ラインと、最初のエリンの間に、随分と差があったのだとしたら。

体感できていないだけで、彼女のステータスが既に数倍ぐらい跳ね上がっていたとしたら。

「なあ、シャロン」

「何？」

「もしかして俺って……先生の才能があるのか？」

真顔で尋ねると、彼女はいつもの気だるげな表情を浮かべた後、首を横に振った。

「キョドり方がキモいから違うと思う」

「ねえ全然関係ないよねえそれ！」

俺は泣いた。俺の涙が地面に満ちていって海になった。

創世記である。

そろそろ俺を泣かした回数に応じて成績下げようかな、とは少しだけ思った。

第五章　抜剣、バトルフェーズ――

訓練の日々を過ごした後、向こうが指定した日付を迎えた。

俺はエリンを連れて、目的地であるソードエックス本家の訓練場へと向かう街道を歩いていた。

「王都とはまた違う賑《にぎ》やかさだね」

「ああ……そうだな」

楽しそうに周囲を見回すエリンの姿に、俺は言葉を慎重に選ぶ。

この辺りはソードエックス家が支配する領域だ。拾われた子供たちの中には、事実上の領土となっているこの一帯の治世に携わる人間もいるという。

だがエリンは、この街を支配しているのが誰なのかも知らないのだ。

「あっ、何あれ!?」

「あ、ちょっとエリン……」

興味を抑えきれなかったのか、エリンが果実を並べている露店へと駆ける。

慌てて後を追うと、露店の主《あるじ》であるおじさんとおばさんが笑顔で迎えてくれる。

「ねえねえおばさん、これ何？」

「めんこいお嬢ちゃんねえ。でもこれ知らないの……？」

不思議そうな声を上げるおばさん。

確かにエリンが指さしたのは食卓でよく見かける、リンゴに近い果実だった。

「あー、すみません、急にお邪魔しちゃって」

「いえいえそんな。可愛《かわい》らしい子ですね、妹さんですか？」

俺のことを保護者だと判断したのだろう、おじさんが言葉をかけてくる。

「ううん、この人はあたしのセンセだよ」

「ああ、教師の方でしたか」

「ええまあ、今日は生徒の御家《おいえ》を訪問させていただく予定でして」

おじさんとおばさんは俺を上から下まで見た後、腰に差している剣に目を留めた。

「剣を教えてもらってるのかい？　嬢ちゃん、頑張って勉強するんだぞ」

「ふえ？　なんで？」

「なんでって、おうちはこの辺りなんでしょう？　ソードエックスさんのお膝元なんだから当然じゃない」

「……ッ！」

エリンの体がビクと跳ねた。

ああ、やっぱりそうなるよな。

失敗した、彼女のもとへと届く言葉をきちんとコントロールしてあげるべきだった。

「私たちも詳しいわけじゃないけど、外から来た人からよく評判を聞くよ」

「偉い軍人さんたくさん出して、国を守ってくださってるんだってね」

「……そうですね」

王国軍と共に作戦を行った際、ソードエックス出身の者はほとんどの場合関わっていた。

俺が会ったことがあるのは作戦立案・指揮レベルを担当する幹部たちが主だが、前線で兵士たちを鼓舞し共に戦う戦闘担当者もいるらしい。

ここ最近俺が接しているソードエックスは、いわば内側へと向けられた、自分たちを鍛え上げるための激しい圧力。

外へと向けられるのは、純粋な護国の剣としての振る舞いだ。

「……そ、そっか。そうだったね、うん」

エリンは露店から一歩引いて、周囲を見回した。

活気づいた街道。行き交う人々。

ソードエックスが守護するものは、単なる権威ではなく人々の営みそのものなのだという象徴だ。

「……でも、どうして？」

エリンの疑問は、風に吹かれて飛んでいきそうなほど弱々しいものだった。

人々の幸せを祈ることができるのなら、どうして自分には優しくしてくれないのかという、泣きそうな子供の声だった。

「それを確かめに行こう」

俺は彼女の肩に手を置いた。

震えるその体に、少しでも力を分け与えることができればと。

……まあそういう魔法をかけてやってもいいんだが、バレたら終わる。

「エリン、少し話を聞いてくれ」

「え？」

だったら、力を分け与えるのではなく、単純に彼女の力を伸ばしてやるしかないだろう。

◇

そうして練習場にたどり着けば、俺は観客席に案内された。

どういう風にして決めるのかは向こうに任せている。

だからこうなるのは予想の範疇《はんちゅう》だった。

――戦うためアリーナに立つのは、俺ではなくエリンだった。

そして彼女の前に並ぶのは、ソードエックス家お抱えの教導部隊の面々だ。

制服が悪の組織みたいでかっこいいね。資料集で見た。

「彼らは……」

「ええ、以前エリンの指導を行っていた者たちです」

大上段から降ってきた声に、思わず舌打ちが漏れそうになる。

見上げた先、観客席最上段の席に腰かけた、ソードエックス家当主の奥さん。

エリンの義母《かあ》さんが、こちらを鋭く見下ろしている。

「こちらこそ、まさかとは思いますが……厳しい訓練を思い出して動けないようなザマではないですよね？」

暗に、これでエリンの動きが悪ければ、俺は教育者としてふさわしくないと断定すると言っていた。まあそうするよね。俺もそっちの立場なら同じようにする。

「勇者の末裔《まつえい》ハルートよ、あなたが強いことなど、この国に暮らす者なら誰でも知っています」

「それは光栄なことですね」

「ですが、あなたが教師であろうと関係ありません。素質があるから呼び戻すというのは自然なことです。我らソードエックス家の最大の理念は、埋もれていく才能を拾い上げ、磨き上げ、このテイル王国を守るための武器に変えることなのですから」

もっともな言葉だ。

理屈なら、理屈だけなら、正しいことを言っていると同意できる。

才能あるっぽいからやっぱうちの子返せ、別にお前のものじゃないんだからさ。

そう言っているだけなのだから。

だけど今回は譲れない。

だって『2』のシナリオが根底から崩れるし。

何より、請け負った生徒を、彼女自身が望まない場所へと送り出すわけにはいかない。

「……それでいいと思っている人相手なら、別にいいでしょうね」

「その言い様……あれは、エリンは違うとでも？」

俺は無言で訓練場へと視線を向けた。

直後に開幕の号砲が響き、教導部隊のうち一人が前に進み出る。

『久しぶりですね、エリン様』

『……ッ』

『このような形での再会となったのは残念ですが……ご指導させていただきます』

直後に鋭い踏み込み。

慌てて抜刀したエリンが、構えた防御ごと一撃で地面に転がされる。

「……エリン」

慌てて立ち上がったエリン。もう敵は間合いを詰めてきている。

攻撃に転じられるなら——だが彼女は再び防御を取った。

今度は足を踏ん張って、確かに受け止められた。

まあ、仕方ない。このタイミングで反撃できればベストだったが、高望みというやつだ。

単なる技量の話ではなく、エリンという少女の心の戦いなんだ。

焦る必要はない。

◇

四方八方から飛んでくる刃。
そのすべてが、今のエリンには見えている。
かつては何もできず打ち据えられ、体中に傷を作った。
「防御は上手《うま》くなられたようですね……しかし！」
教導部隊の若い男が、フェイントを駆使してこちらのガードを崩そうと仕掛けてくる。
そのすべてに対応して、エリンは大太刀を振るい敵の斬撃を弾《はじ》き、ねじ伏せる。
（……ッ。分かる、どこに来るのかは、分かる、でもあたしはいつ攻撃したら！）
冷静に攻撃を捌《さば》いているように見える。
しかし内心で、エリンはパニック一歩手前まで追いつめられていた。
相手はずっと、幼い頃から勝てない相手として戦わされていた教導部隊。
その制服を見ただけで呼吸が詰まる。体が逃げ出しそうになる。
（怖い、怖いよ……！）
防御が上手くなったというよりは。
ただひたすらに、防御しかできない。守りに縋《すが》ることしかできていない。
いつも自分はそうだった。
親を殺され故郷を滅ぼされ、なのに復讐者《ふくしゆうしや》となることもできなかった。
中途半端で、その時為《な》すべきことを突き詰められない根性なし。
（あたしは、いつも、どうして……！）

だんだんと手の感覚が痺《しび》れてくる。

このままではやられると、頭では分かっている。

なのに体が怯《おび》えて動かない。体も精神も縮こまって、必死に我が身を守ろうとするばかり。

誰かのためなら戦えたけど。

自分のためには、うまく戦えない。

そんな価値があるなんて思えないから。

（どうしたら、いいの……センセ……）

高速の連撃を防ぎながら、エリンはちらりと観客席を見た。

小さくも、茶色の髪に白い服を着た男がこちらを見ている。

その時ハルートは、確かに視線を重ねて、指を動かした。

（あ……）

確かに見た。ハルートは、指を横横縦縦と振った。

脳がスパークした。

それは、この練習所へと向かう道の途中。

露店に立ち寄った直後に、彼が話した内容だった。

『今のエリンは『横一閃《よこいっせん》』『横一閃《よこいっせん》』『縦一閃《たていっせん》』『縦一閃《たていっせん》』の順番で連続攻撃を放つのが一番強いと思う』

『聞いたことないんだけどそんな奥義連打……』

困惑する自分に対して、ハルートは自信の笑みを見せた。

『いやできる。もうエリンは『横一閃《よこいっせん》』を数十発ぶっ続けで俺に打ち込んでいたんだからな』

『……あ、確かにそうかも』

奥義の連打は体に負荷をかける。

しかしここ最近ずっと行っている訓練は、ハルート相手にムキになって当てようとし続けて、実に効率の良い連続奥義のやり方を自然と実践していた。

『最悪の場合、というかまあ多分こうなるんだけど……エリン、君が戦うことがありうる。そしてその相手は、君が恐れている存在になるだろう』

『……ッ。教導部隊の人たち、だよね？』

『ああ。話を聞いている限り、君が最初から全力を出すのは不可能に思える』

そこで言葉を切った後。

ハルートは肩をすくめて、軽い調子で続けた。

『だから、最初は頑張らなくていい、守りに入っていい。今なら、と思った時に奥義を叩《たた》き込め』

『……できるかな、あたしに』

『大丈夫だ。まぐれでもいい、ブッパでもいい、一人倒してみろ。その時の感覚が、必ずエリンの本当の強さを呼び覚ましてくれるはずだ』

彼の言葉を覚えている。

忘れはしない。

だからまだ、戦える。

「横一閃《よこいっせん》ッ！」

エリンが振るった斬撃は、しかし敵の予想の範疇。

上体を反らす形で回避される。

「もう一回、横一閃《よこいっせん》ッ！」

体勢を立て直されるよりも速く、駒のように回転して再度攻撃。

不安定な姿勢ながらも、教導部隊の男はエリンの刃を受け止める。

「縦一閃《たていっせん》ッ！」

「……!?」

ありえざる奥義の連発に、男が目を見開く。

防がれた横一閃《よこいっせん》を素早く引き戻しての、相手が距離を取り直す暇を与えない連撃。

しかし焦るエリンの放ったそれは完璧な代物には程遠く。

男は冷静に、頭上から振り下ろされた斬撃を受け流した。

（もらった！　悪いが、これで……！）

流石《さすが》に奥義を三連発した直後だ。

もはやエリンは防御も回避も取れないだろう。

「お覚悟を――え？」

そのはず、だったのに。

目の前で、先ほど渾身《こんしん》の奥義を叩きこんできたはずのエリンが、既に剣を大上段に構えていた。

（本当だ。『横一閃《よこいっせん》』一発と『縦一閃《たていっせん》』一発で、敵が動かなくなってる）

スローモーションになった世界の中。

エリンは自分の意思が稲妻のように神経を駆け、体を完璧に動かすのを把握していた。

昨日までずっと放ってきた縦の一撃。ハルートに直撃させることはできなかったが、今までよりずっと練り上げられた、鋭い垂直の斬撃。

想起する、その時の光景。

まったく同じ動きを、体が取ろうとする。体は覚えている。

（そうだ。あたしはもう、この人たちに勝てるんだ。センセが教えてくれたんだから……！）

理想そのものである閃光《せんこう》の太刀筋。

ソードエックス家を象徴する、天より落ちる裁きの如《ごと》きそれを、エリンは全身の力を使って解き放つ。


「剣我《けんが》術 式《じゅつしき》――縦一閃《たていっせん》」


中級魔族にはギリギリ通用した、不完全な代物ではなく。

今度こそ、明鏡止水の心に従い放たれた鮮烈な一閃。

それが少女の忌むべき鎖を断ち切って、眼前の敵を地面へと叩きつけた。

◇

「つ、つぇぇ……」

見事な太刀筋だった。

俺は思わず立ち上がって拍手をしていた。正中線をなぞるようにして放たれた『縦一閃《たていっせん》』は、刹那のうちに教導部隊の男の意識を刈り取った。

刃に魔力《やいば》を使ったコーティングが施されているため命に別状はないものの、反応できずにぶっ倒されたというのは衝撃だろう。

つーか訓練の時よりいい感じの一撃だった。アレ多分俺避《よ》けられないな。

本番で満点を叩きだしたわけだ、教師冥利に尽きるね。

「な、な……」

上からうめき声が聞こえた。

顔を上げると、当主の奥さんが席から立ちあがり、顔を引きつらせている。

そのまま彼女はガバリとこちらを振り向いた。

「何をッ!?　どういうふうにッ!?　教えているのですかッ!?」

混乱している様子だが……質問が要領を得ないな。

アリーナでは困惑しながらも次の教導部隊の人が前に出て、開始と同時に『縦一閃《たていっせん》』の直撃で沈んでいる。

おっ、しっかり普段の感覚を取り戻したようだ。勝負あったな。

俺は結果の見えた戦いから視線を切って、奥さんに顔を向ける。

「教えたのは『横一閃《よこいっせん》』と『縦一閃《たていっせん》』を連続で放つ場合の順番です」

「は……？」

「横から縦、縦から横とかだと速過ぎて威力を載せきれないんですよね」

「違う違う違う！　そういう話ではありませんッ！」

もはやこうなってしまえばプライドも何もない。

奥さんがこちらを見る視線には明瞭な怯えが宿っている。

「ゆ、由緒あるソードエックス家の技をなんと心得ているのですか!?」

「またまたあ、こんなの奥義に比べれば序の口でしょうに」

「……え？」

「……は？」

しばしの沈黙。

アリーナから響くすさまじい打突音だけがしばらく聞こえた。

「あー……ちょっと……待ってくれ」

「……」

俺は、何か、前提を違えている。

致命的な見落としを発生させている気がする。

ソードエックス家に伝わる奥義として、『2』のエリンが習得する大技。

それは『横一閃《よこいっせん》ッ！』と『縦一閃《たていっせん》ッ！』を、二振りの太刀を用いて同時かつ連続で放つ『縦横無《じゅうおうむ》尽《じん》ッ!!』である。

もちろん最終奥義ではないものの、基本的には消費SPゲージ効率やスキル回しの速度も相まって、大体のユーザーがこれをエリンの必殺技として認識している。

横一閃《よこいっせん》横一閃《よこいっせん》縦一閃《たていっせん》縦一閃《たていっせん》ゲージ溜《た》まったので縦横無尽《じゅうおうむじん》横一閃《よこいっせん》横一閃《よこいっせん》縦一閃《たていっせん》縦一閃《たていっせん》ゲージ溜まったので縦横無尽《じゅうおうむじん》横一閃《よこいっせん》横一閃《よこいっせん》——

エリンがこの繰り返しをしているだけで大体のボスを抹殺することができる。

制作会社は本当にテストをしたのか？　このエアプ野郎共が……

まあそれは置いておいて。

ザンバだってきちんと習得している『縦一閃《たていっせん》』を連打させただけで、一兵卒ならまだしも、この場をソードエックス側として取り仕切っている奥さんが取り乱すのはおかしい。

その事情は、ある程度予想できる。

「もしかして、何も知らないのか？」

「……ッ！」

明らかに地雷だったらしく、奥さんがキッとこちらを睨《にら》む。

「知らない……ええ、知りませんよ。あなたのように、戦いに長《た》けた人間ならば簡単に分かることも知りません！　ですが知らなくとも、価値があるということだけは分かっています！」

「………」

思えば、後妻であろう彼女は和装に近い服を纏《まと》い、強い印象を与える化粧を自らに施している。

ソードエックス家が和風モチーフであるのはデザインからして明らかであるものの、後から嫁いできた人間がここまで家柄に寄せた服装を着こなすのは難しい。

恐らく、彼女は必死にソードエックスらしさを身に纏わせている。

服も化粧も言動も、家を守るための鎧《よろい》であり、家の理念を揺るがないものであると外へアピールするための武器だ。

知らないものを、守らなきゃと思って戦ってきたわけだ。

「じゃあ、ご当主は？」

「……顔も見ていません。前の妻は私の親友で、彼女が死んだ後は外に出ているかどうかも」

えぇぇぇぇぇ………

自分の中のテンションが急激に低くなっていくのが見えた。

高慢で強引な黒幕、みたいな印象がガラガラと崩れていく。

やり方が分からず、縋るものもなく、ただ守るためにがむしゃらに腕を振り回す悲惨な光景があるだけだったのだ。

「……だとしても、エリンを縛り付けるのはやり過ぎだ」

返す言葉がないのか、奥さんが黙り込む。

彼女をこれ以上責めても、意味はないか。

俺はアリーナをに視線を戻した。エリンがちょうど十人目をぶちのめすところだった。

想定よりめちゃくちゃ強いんだけど。

さすがに千人斬りができるように育てた覚えはない。もうお前こそ真のソードエックス無双ってことでいいよ。

◇

どよめく教導部隊には目もくれず、客席の隅に座るザンバはハルートを見つめていた。

（……教育者としても本物のようだな）

確かにハルートが指摘した通り、『縦一閃《たていっせん》』の動作をエリンに見せたのはザンバだ。

彼女に才能を感じ、ヒントになればと見せてやっただけのこと。

しかし見とり稽古のみで習得できるとは、ましてやここまでの代物へ練り上げるとは思っていなかった。

（彼がここまで精度を上げたのだろう。序盤の動きは硬いにも程があった、独力でたどり着けたのはあのレベルか）

エリンの動きは途中で急激に良くなった。

戦闘のさなか、教導部隊の一人に対して『縦一閃《たていっせん》』を直撃させた瞬間からだ。

（そうか、なるほどなるほど。的確な攻撃を放つことをトリガーとして、理想の動きを思い出せるよう体に覚え込ませたのか）

ザンバは微《かす》かな時間に拾った材料をもって、ハルートがどういう形で教練を施したのかを看破する。

いわばそれは、無自覚の成功体験の蓄積だ。

エリンの技量そのものは、確かにハルートの教えを受けて飛躍的に向上した。

しかしそれはあくまで基礎固めが終わった後の応用編。

問題は彼女が、その力を忌まわしい思い出を振り切って行使できるかどうかに尽きた。実際ザンバも、最大の問題点はそこにあると見ていたが。

（これは上手いな……一度正解の動きをすれば、そこからは自動的に体が正しい動きをし続けるようになっている。成功体験が次の成功体験を呼ぶ理屈を、体捌きに応用させたということか。この教え方は使えるな）

次々に教導部隊の面々をなぎ倒していくエリンの姿に、ザンバは大きく頷《うなず》く。

聞いた時は半信半疑だった風聞も、妹の太刀筋を見れば本当だったのだと納得がいった。

（流石、見込んだだけはある。一介の町娘を大陸最強のヒーラーにまで育て上げたという噂、真実だったか）

勝負あったな、とザンバは内心で独り言ちた。

これで彼の目的は半分程度が達成されたことになる。

あとは──……

「さて」

既に見る価値はないと言わんばかりに彼は立ち上がり、席から離れていった。

◇

果たして何人目だったか。

少なくとも、もう二十を超えた数の教導部隊の人間が地面に叩きつけられた直後だった。

「──もういい」

俺が声をかけて、エリンと教導部隊の人々が動きを止めた。

「決着はついた。認めてください」

見やった先、当主の奥さんは既に席に座っていない。

彼女は客席の上段から、俺のもとへゆっくり降りてきているところだった。

「教導部隊の皆さんの腕前を見れば分かる、均質化された兵士の量産という意味では、確かにソードエックスは優れている……でも、エリンを育てるのに適した場所じゃない」

俺が少し手を加えただけで、既にエリンの才能は開花しつつある。

もはや教導部隊の面々が彼女を見る視線には恐怖すら込められているのだ。

「……そのようです。ですがもう一度だけ、私は食い下がりましょう」

「技術ではなく理念ですね？」

問われそうだと思っていたことを口にする。

的中したのだろう、奥さんは目を見開いた。

ソードエックス出身の軍人が特徴的なのは、その腕前だけではない。

彼らは徹底した『護国のための奉仕者』という意識を持つ。

これは放っておいて芽生えるものじゃない、教育あってこそだ。

「精神も一流の戦士として成立させるのなら、確かに冒険者学校はヌルく見えるでしょう」

「……ええ。単なる腕前を育てるのならば、あなたに任せて問題はないと確認できました。しかし今は当主も、長男も次男もおりません」

だから、と彼女は言葉を続ける。

「今は私こそがソードエックスの体現者であり、私がソードエックスを守らねばならない。あれを外に出すのならば、私が認める相応《ふさわ》しき者のいる場所でなければなりません」

「……その通りだ」

そして、彼女は俺が本当に相応しい者であると認められない。

いや言葉が違うか。

彼女は、相応しき者を見分けるだけの能力を有していない。

なのに今は彼女以外に、その判断を下せる人間がいない。

……少し、ほんの少しだけ、自分を重ねてしまう。

勇者の末裔だのなんだの言われてるのに、俺は世界を救う資格なんて持っていない。

周りから生まれつきもてはやされて、立場を背負わされて、でも本当は俺に、みんなが求めることを成し遂げる能力はない。

「……だから」

言葉の続きを彼女はもたない。

本当に自分が判断していいのかと苦しんでいる。

俺がすべての事情を知ることは難しいが、後妻である彼女にこの役割が回っているのは理不尽に思えた。

何か助け舟を出してやるべきか。

そう思って、俺は口を開こうとして――

爆発音。

いや、爆発じゃない。大規模過ぎる破壊が、それに近い轟音《ごうおん》を響かせた。

『……ッ!?』

全員の視線が一点へと向く。

アリーナへと入るための通路、その出口が破壊されている。

あまりに大きな存在が無理矢理に通ろうとして、強引に突破したせいだ。

そいつは後ろ脚に、断たれた鎖を残していた。

西暦世界におけるサイを巨大化させ、角を凶悪にとがらせたような外見。

硬い皮膚と蹄《ひづめ》は湯気を上げており、身じろぎするたび大地にひびが走る。

陸上で見かける魔物の中でも屈指の巨軀《きょく》。

攻略本に記載されていた討伐推奨レベルは55〜65。

「訓練用ベヒーモス……!? 隣の練習場にいたはずでは!?」

「拘束が破壊されているのか!? 誰が!」

まだ意識を保っている教導部隊の人が悲鳴を上げる。

ベヒーモスは俺たちを見回して、それから体を震わせ、こちらへと走り始めた。

「……! エリン、他の人を連れていったん退避!」

指示だけ飛ばして、呆然《ぼうぜん》としている奥さんのもとへと駆け上がる。

幸いにも、やつの進路上には誰もいない。

おあつらえ向きにも程があるというぐらい一直線に、奥さん目指して走っている。

違うな。

走ってるっていうか……逃げてる、が正解だな。

恐怖からの逃走ならば、それを上回る恐怖で塗りつぶしてやるのが一番だ。

「【弾けろ】」

単節詠唱と共に魔力を循環させ、詠唱を極限まで短縮した魔法を発動する。

こちらへ突進してくるベヒーモスの前方にて、地雷がいくつも炸裂《さくれつ》したかのように大地が爆《は》ぜる。

『――……ッ!?』

突然発生した爆発に竦《すく》み、ベヒーモスが慌てて地面に足を打ち付け急停止をかける。

こっちに来なくとも、迂闊《うかつ》に走り回られたら、アリーナで伸びてる教導部隊隊員が踏み潰されてしまう。

最悪の場合は足元を吹き飛ばして転ばせるつもりだったが、うまく止められたようだ。

「……ッ!?　何故庇《かば》うのです!?」

「何故!?」

奥さんから思いがけない言葉をかけられ、思わず俺も大きな声を上げてしまった。

いやここで俺動かなかったら普通にヤバいやつじゃない？

「ここで私が死んだ方が、都合はいいのでしょう……!?」

「いや……悪いですね……」

「え？」

復活する魔王を殺すためなら。

マリーメイアやエリンたち、みんながふざけた宿命に振り回されないためなら。

俺は何だってやってやる。

魔王討伐に邪魔ならソードエックスをぶっ潰す。

でも、明らかにそうじゃない。

「少なくともソードエックス家は優秀な軍人を多く育てている。このやり方はエリンには合わなかったけど、実際問題、平均的な質と量を両立させようとするならいいんじゃないすか？」

引き続きベヒーモスに注意を払いつつ、奥さんからの問いかけに答えた。

一度立ち止まったベヒーモスだが、興奮状態は解かれていない。

「……勇者の末裔よ。あなたは、エリンを何にしようとしているのです？　いや、エリンは、一体何になるというのですか？」

「魔王殺しの英雄だ」

奥さんが息をのむ音。

俺とソードエックス家では目標がまったく違う。

「できるのですか」

「俺が保証する、あの子はやるよ」

俺っていうか制作スタッフとユーザー全員が保証する。

「……あの子を、エリンを信じてやれなかった私は、愚かだったのですか」

「ちょっと難しかっただけだよ。あなたはよくやってる」

そんなことはないと、彼女は俯《うつむ》いた。

膝にぽたりと、両眼からこぼれたしずくが落ちるのが見えた。

「本音だよ。あなたは本当によくやってる」

「私は、ソードエックスを……この家を、彼女が愛した家を守りたい、でも……」

「俺はあなたの、その願いを肯定する。だから……最後まで見てあげてくれ」

「え？」

彼女が顔を上げた瞬間だった。

「暴かれろ――――ッ!!」

ギシリと、ベヒーモスの巨体が静止した。

まるで見えざる巨大な手によって摑《つか》まれたかのように、明らかに外部からの干渉で動けなくなっている。

本来ならば複数名で役割を分割して対応するべき巨大な魔物。

俺の生徒が一人で突っ込んでいくのが見えて肝を冷やしたが、しかし。

今のエリン・ソードエックスならば、なんとかしてみせるだろう。

ならなかったら俺が一瞬でビームで蒸発させる。

「このサイズ相手に使うのは、初めてだけど……ッ！」

負荷に苦悶《くもん》の表情を浮かべるエリン。

だが今のお前なら見えるだろう。

お前の魔眼《まがん》は相手の核を正確に把握し、そこから伸びる、体を動かす各器官をすべて見抜くはずだ。

「戦えない人々を、あたしの目の前で殺させたりなんかしない！」

自分を貫く意思の宣言。

それを聞いて奥さんが目を見開いた。

「あたしは戦えない人が、理不尽に命を奪われるなんて見過ごしたくない！　せめて納得のいく、人生をやり遂げた後の死であってほしい！」

一度鞘《さや》へと戻した太刀《たち》を握って。

エリンの瞳が魔の輝きを放ち、溢《あふ》れる力が刀身に収束していく。

「そうでない死をもたらす存在を、あたしは認めない、許さない！　現実だろうとなんだろうとこの手で切り裂いてみせる！　あたしという剣は——そのためにあるッ!!」

…………あれ。

お前それ、『2』中盤にある激熱イベントの、普通にシナリオムービーでのセリフじゃない？

あっちょっと待って！　今チュートリアル前なの！

待って早過ぎる！　ごめんなかったことにならん？

「ソードエックス流、剣我術《けんがじゅつ》　式《しき》——縦一閃《たていっせん》ッ！」

放たれた一閃が、正確無比にベヒーモスの体を切り裂く。

重要な臓器を損傷させることなく、後の治療が滞りなく完了するよう手配しつつ。

それでいて行動不能へと陥らせるほどの激痛を与える、恐るべき刃の閃《ひらめ》き。

たった一太刀で、ベヒーモスは崩れ落ちてしまった。

理想的な手加減だ。全然教えた覚えはねえけど。

いや……さすがに予想していないシチュエーションだったし、これはベヒーモスを殺すのはやむなしかと思ってたけど。

「センセっ！　見てた、あたしの勝ちだよ！」

勢い良く振り向いた後、ぶい！　とピースサインを笑顔でこっちに向けてくるエリン。

何度も何度も見た戦闘勝利後ポーズを見せられて、俺は乾いた笑みを浮かべることしかできなかった。シナリオの原形ないんですけどお……！

◇

「……分かりました、エリンの通学を認めます」

訓練場でのひと悶着《もんちゃく》が無事に片付いた後。

現当主の奥さんは教導部隊を含む一同の前で、そう宣言してくれた。

「当主代行、エスティア・ソードエックスの名のもとに、この結論を正式なソードエックス家の総意といたします」

「ありがとうございます」

そんな名前だったんだ、と思いながら俺は頭を下げた。

会話表示ボックスに『エリンの義母』としか表記されてなかったから知らなかったわ。

「やったねセンセ！　訓練のおかげだよ！」

「ああ、見事な太刀筋だった。奥義を修めるのも近いな」

素直にほめると、えへへと照れたように頬を染めるエリン。

奥義という単語に教導部隊の皆さんが目をかっぴらいていたが……

ううん、これ俺が共有した方がいいまであるのかなあ。

まあエリンが勝手に習得するだろうし、それを実際に見てもらった方が早いだろ。

俺は『縦横無尽《じゆうおうむじん》ッ!!』に近いことはできるが、ソードエックス式の代物はできないし。

「流石は勇者の末裔、刃を見せることすらしないまま、すべてに決着をつけましたね」

流れる水のように穏やかな声が聞こえた。

こちらに顔を向けて、開き直ったように微笑《ほほえ》むエスティアさんだ。

「それを言うなら、そちらこそ。最後まであなたは当主代行だったよ……見事なもんだ」

「……まさか勇者の末裔にそう言ってもらえるとは」

エスティアさんと少し話す、とアイコンタクトで告げるとエリンは頷いてくれた。

そしてあろうことか、彼女は教導部隊の面々に話しかけ始めた。

今までは恐怖の象徴であったろうに、本当に強い子だ。

「確認ですが……あの子が、本当に魔王を？」

「そう思ってる。他にもいるけど、俺は二人しか知らない」

こちらのセリフを聞いて、エスティアさんが唇を結んで考え込む。

「ではますます、我らの手で育てることは難しいでしょう」

「多分大体の人は無理でしょ。でもほら、俺って先生の才能もあるらしいんで」

「ふふ、そのようですね」

えっ冗談のつもりだったのに肯定された！

今までエリンたちからは酷《ひど》い言われようだったので、自分を認められたような気がして一気に嬉《うれ》しくなってしまう。やばい、俺、エスティアさんのこと好きかも……

俺がニヤニヤしそうになるのを必死にこらえていると。

ふと、エスティアさんが口を開く。

「それにしても、随分とラフに話してくれますね。そちらが素ですか？」

「ヴァッ」

自分がいつの間にか敬語を外していたことに気づき、変な声が出た。

あまりにも謎の声だったせいか、エスティアさんが噴き出しそうになって必死に堪《こら》えている。

「ふ、ふふっ……一仕事を終えれば、あなたもまた人間ですか」

「……別に俺、ずっと人間なんですけどね」

頭をかいた後、首を横に振った。

「まあ、まだやることあるんで、一仕事終わった感じはないですよ」

「……え？」

眉をひそめるエスティアさんに苦笑を返した後、俺は観客席へと視線を向けた。

何事もなかったかのように席へと戻ってくる男の姿がそこにはあった。

視線を重ねて、剣の柄《つか》を、数度指で叩いた。

それだけで伝わった。

◇

「じゃ、待ってるからねセンセ」

ソードエックス本家を出て、馬車に揺られて学校へ戻ってくる頃にはすっかり日が沈んでいた。

帰ると驚いたことに、シャロンとクユミ、そして教頭先生が俺たちを待ってくれていた。

「お祝いごとになると思って、料理用意してあるから」

「あんまり遅くならないようにね♡」

なんと二人は俺とエリンがトラブルに巻き込まれ、それをいい形で解決すると予想し、今夜の夕食に豪勢なものを用意してくれたそうだ。

「ああ、すぐに帰るよ」

そう言って、寮への帰路に就く三人を見送る。

俺は正門付近にしばし立ち尽くした後、教頭先生を振り向いた。

「良かったんですか、安請け合いして」

教頭先生が呆《あき》れた様子で声をかけてくる。

彼女が何を言いたいのかは、分かっていた。

「まあ大丈夫っすよ、多分。先生はすぐに帰りますか」

「いえ、職員室で書類を片付けます。なのでその間は、何が起きているのかを関知しません……くれぐれも、校舎は壊さないようにしてくださいね」

「……善処します」

苦笑しながらそう返し、俺は一人歩き出した。

校庭を横切って、人気《ひとけ》のない、というか俺以外には誰もいない別校舎の中に入る。

こういう使われていない校舎が、よく怪談の舞台になるのも頷ける。学生たちが明るく笑い合う光景とのギャップがひどい。

まあ今回は、幽霊が出てくる暇はないけどな。

一歩進むたびに床板が軋《きし》みを上げる中で、俺は立ち止まった。

腰に差した剣を確認してから、声を上げる。

「出てこいよストーカー」

「そんなつもりはないんですがね」

薄暗い校舎の闇の中から、ぬうと男が姿を現した。

俺たちの馬車を追ってここまで来たザンバ・ソードエックスだ。

彼はソードエックスが所有する、魔法で強化した特殊な馬を持っている。

遠方への移動を気軽にこなしているのはそのおかげだ。

ちなみにバグらせると99体所有できる。それでいいのか。

「お祝いに交ざりに来たのか？　だったらお断りだぞ」

「まさか、あなたのありがたいお話を最前列で聞きに来たんですよ」

「そういうことなら講義を始めようか。メモの準備はできたな？」

「ええ、どうぞ」

廊下に緊張感が走る。

俺は腰に差した訓練用の剣の柄を指で叩いた。

「あの時、突然出てきたベヒーモスは隣の練習場で管理していた個体だったらしいな」

「僕もそう把握しています。管理がずさんだったこと、お詫《わ》びしますよ」

「鎖は引きちぎられていたが、よく見ると、力で無理矢理ちぎられる前に傷ついていた。剣で少し斬ったみたいにな」

エリンや、ソードエックスの面々には聞かせたくない話だった。

だからアイコンタクトで、決着をつけてやるからついてこいと伝えた。

「あの個体は、何かに怯えて逃げ出していたようだった」

「確かに、僕にもそう見えましたよ」

「けしかけたな？」

ザンバはまさかと首を振った。

「僕といえども、流石に……遊び半分、実力試し半分で行動しているのは確かですが、あそこまで危ないことはできません」

「違う。お前には明確な目的があったはずだ」

すべては、俺への印象付けだったのではないか。

王城で抜刀し、こいつは危ないことを平然とやると思わせた。

確かな意思や目的がなくとも、ただ気分やノリだけで危ない橋を渡る人間だと。

だからベヒーモスをけしかけたって、不思議じゃない。

大きな理由がなくともやってしまうんじゃないかと。

……俺がそう考えることで、本当の目的を隠したかったのだとしたら。

「本当はエスティアさんを殺そうとしていたんじゃないか？」

三男坊は、武骨な手をゆっくりと持ち上げた。

それからぱちぱちぱちと拍手をしてくる。

「勇者ではなく探偵になった方がいいんじゃないですか？　ああ違いますか、こういう時は小説家になった方がいいと言うのが礼儀でしたっけ」

「昔のパーティには今作家やってるやつと、俺の百倍ぐらい探偵に向いてるやつがいた。どっちもなろうと思えないいな」

「それは残念です」

首を振った後、ザンバは笑みを浮かべる。

「……ソードエックスがそんなに嫌いか？」

「僕にとっての価値を失って久しい、というだけです。エリンだってあなたの方が上手く育てられると、王城で確信しました」

やはりあの段階から仕込みは始まっていた。

こいつはバトルジャンキーだが、頭の回るバトルジャンキーだ。

自分の望みを叶《かな》えるため、自分の思い通りに事を運ぶために手を尽くすタイプだ。

「ヒーラー役について追放を言い渡したという噂を聞いていましてね……あれが本当ならば、あなたはエリンを預けるには値しないと思い、そこだけ確認したかったのです。だがどうやら違ったらしいですね、あなたは情に厚い男だった」

「事実だぞ」

自分でも仏頂面を浮かべている自覚があった。

「何か事情があったのでしょう？」

「まあ……あったけど……いや違うなかったなかった！　ちょっ待っ！……クハハハッ！　勇者の仲間にあの女は相応しくなかったということさ！」

「演技の下手な人ですねえ。お遊戯会以下だ」

さっきより激しめにぱちぱちぱちと拍手をされた。

こいつむかつく。ぶっ飛ばしていいかな。

「今はそんな話、どうでもいいだろ。エスティアさんを狙ったのが、ソードエックスを変えたいという理由なら、もうその必要はなくなったはずだ」

「僕はそう思いません。僕自身の願いが、強き者と殺し合いたいという願望が、今のソードエックスでは叶えられない。むしろ今日、それをあなたがはっきりさせたでしょう」

最終的には、理由はそこに着地する。

ソードエックス家は、エリンのような天才ではなく強き兵士たちを育てる機関として集約された。だからこそ、ザンバの狂った衝動を発散させられる場所ではなくなった。

「……分かったよ」

冷たい声で吐き捨てた後、俺は剣を抜いた。

「その願いを肯定する。今ここで、俺がな」

「……！　話が早いですね。今日は機嫌のいい日ですか？」

「御託はいい。持ってるんだろ、使えよ。ソードエックスの人間なら、一人につき一つ保有する戦闘用魔法術式」

『2』のシナリオでエリンが語っていた、個人で開発し研鑽《けんさん》する戦闘術式。

エリンの場合は魔眼《まがん》がこれに該当し、シナリオ後半で魔眼《まがん》を用いた完成形へと到達することになる。

では遠慮なく、とザンバも抜刀した。

彼の体に魔力が満ちていく。

「【轟《とどろ》くは勝鬨《かちどき》】【第三の魔刃《まじん》】【なめらかな断面に我が身を映し】【罪業と共に絶たれるがいい】！

──発動《drive》ッ！」

知っている。

ザンバ・ソードエックスが保有するアクティブスキル。

その名も『雷光の駆動刃《ライトニング・ムラマサ》』。

単純極まりない雷撃生成能力だ。

天より落ちる裁きの稲妻、それを無際限に生み出し、己《おの》が武器として用いる力。

「僕が勇者の速さにどれほど追いつけるか、試させてもらいましょう！」

ザンバが剣に雷撃を纏わせ、こちらへと放った。

小手調べと言わんばかりの一発を、訓練用の剣を振り抜いて消し飛ばす。

切り裂いたというよりは、ぶっ叩いて潰したというべき感覚だ。

「ならば！」

一発では終わらない、終わるはずもない。

立て続けに飛来してくる稲妻が視界を埋め尽くす。

「時間考えろよ、迷惑だぞ」

余波に廊下のあちこちが破壊される中で、雷撃の網をかいくぐる。

ステップを刻むようにして体をずらし、避けて避けて避け続ける。

「まだまだ、雷霆《らいてい》の裁きは何者も逃さないッ！」

無傷の俺を見て、さらに密度を高めた稲妻が放たれる。

今度は完全回避を目指すことなく、命中コースの雷をすべて刀身で搦《から》め捕るようにして受け流す。

踊るようにして攻撃を捌いて、踏み込み、捌いて、間合いを詰めていく。

「……ッ！」

突っ切るわけではなく迂回《うかい》するわけでもなく。

ただゆっくりと、正面から近づいていく俺を見て、ザンバが頬に汗をにじませた。

「つ……使っていない!?　魔法も、勇者の力も!?」

そう、今はまだ使っていない。

ていうか流石に使う羽目になると思っていただけに拍子抜けだ。

「単なる技術だけで、なぜ稲妻をいなせるんだ……!?」

「単なる稲妻だけで、なぜ技術を無効化できると思ったんだ？」

バックステップで間合いを取りなおそうとするザンバ。

雷撃の密度が下がった瞬間、刹那に距離を詰めた。

「ぐ……!?」

俺の正面からの斬撃を、雷を巻き付けた刀でザンバが受け止めようとする。

「もう逃げ腰かよ！　その程度でよく喧嘩《けんか》を売ってきたなあ、オイ！」

渾身の一撃で、防御ごとザンバを吹き飛ばす。

転がっていくザンバは信じられないという顔をしていた。

「お前はそれなりに速いけど、最速には程遠い」

倒れ伏すザンバに、切っ先を突き付けた。

「これが結果だ」

「…………」

「結局お前は、強いやつと戦いたいっていう願望だけが先行していて、誰に迷惑をかけるのか、どんな犠牲が出るのか想像できないだけだったのか？　それらをすべて踏まえてでも戦いたいんじゃなかったのか？」

「――――ッ!?」

こんなやつのために、エリンは過去の恐怖と向き合わされたのか。

こんなやつのために、エスティアさんは命の危機にさらされたのか。

「がっかりだな、ザンバ・ソードエックス。お前じゃ三男坊すら荷が重いかもしれない」

切っ先を下げて、俺は彼に背を向けて歩き出した。

さて晩飯だ。豪華なものを用意したって言ってたけど何だろう。

肉も魚も大好きだ、っていうか嫌いな食べ物とかない。全部うまい。

ヤバい腹減ってきたな。もう帰ろう。

「……まって、ください」

「なんでだよ」

面倒くさい声が聞こえたので振り向く。

ザンバが剣を支えにして、ゆっくりと立ち上がっていた。

「あなたの言う通りです、僕は、妹や家族を捨ててでも、強い人と戦いたかった」

雰囲気が変わった。

「あなたに言われて、目が覚めた……」

「え？」

「そうだ。犠牲を生み出してでも戦いたかった、それは単なる衝動なんかじゃない……！」

ぎゅっと自分の胸元を摑んで、ザンバはその両目に火花を散らす。

えっ、あ、ちょっと待って。

「思い出した……！　僕は、僕は自分が最強だと証明したいッ！　目の前の敵に勝ちたいんじゃない、この世界のすべてに勝ちたい！　そうすればきっと変えられる、悲嘆に暮れた顔も、居場所がなくて泣いてしまう子供も、全部を……ッ!!」

そう宣言したザンバの体から、過剰な魔力が稲妻となって放たれた。

今までの彼とは何もかもが違う。

目の前で、壁を乗り越えてみせたんだ。

えぇ……？

なんでお前が決意を改めてるんだよ。

おかしいだろ。

「だからそのためにも、今はただ、あなたと戦いたい……自分のすべてを懸けて……!!」

「………」

まっすぐな言葉が胸をついた。

それはきっと、場所が場所だったからだ。

フラッシュバック。

この学《まな》び舎《や》で、勇者の末裔たる俺相手に、同級生たちは同じようなことを言っていた。

だからだろうか――普段ならにべもなく拒絶して終わりなのに。

今は、今だけは乗ってもいいいと思えた。

もう帰ってこないあの思い出たちに囲まれるこの場所で、誰からの挑戦も捨てることなく、そのすべてにおいて高らかに勝利を宣言したい。

そうでなければ、みんなは、友たちは納得してくれないだろうから。

「いいよ」

「……ッ!!」

「改めて――その願いを肯定する！」

もう様子見とか省エネとかはしない。

真っ向からぶつかって、潰す。

「【潰《けが》すは神代】【赤子の祈り】【我は愚かな殉教者】【零落を嘆くがいい】――発動《drive》」

アクティブスキル『救世装置《きゅうせいそうち》（偽《ぎ》）』を発動させた。

握った剣に、勇者の象徴である神秘の光が流れ込んでいく。

「一瞬で終わるなよ!?」

予兆もなく剣を振るった。

放った光の斬撃が廊下をぶっ壊して突き進み、ザンバがいたはずの地点をえぐり取る。

「……ッ!?」

瞬時に剣を引き戻して背後へと防御を固める。

同時、俺の体を上下に両断しようとした斬撃が飛来し、防御と激突し火花を散らした。

「はあ!?」

「これを防ぐか、やはり……！」

前にいたやつが急に後ろから襲ってきた！　何!?

「この力、そうか、こんな使い方が……！」

ひっきりなしに四方八方から斬撃が飛んでくる。

雷撃が襲ってくるんじゃない、ザンバが直接襲ってくる！

威力も速度も桁違いだ、これはまさか……

「自分を雷撃に変換しているのか!?　今、自分の戦闘術式を進化させた……!?」

「そのとォォりィッ!!」

おい知らねーぞなんだそのスキル!?

別物じゃねえか！　ふざっ……ふざっけんな！

エリンはともかくとしてお前まで覚醒してんじゃねーよバ―――カ!!

「クハハハハハハッ！」

こちらの内心などお構いなしに、激突の余波で校舎を軋ませながら、ザンバが剣を振るう。

こちらも応戦し、そのたびに刃と刃が火花を散らす。

「楽しい、楽しいですねえハルゥゥトオオオオオオッ!!」

ザンバが歓喜の叫びをあげる。

裂けてしまうのではないかと心配になるほど口を大きく開けていた。

「僕はどこまで行ける!? 僕はどこまで高みへ至ることができる!?」

一秒ごとに速度が上がって、一秒ごとに威力が跳ね上がる。

刹那の積み重ねで経験を得て、俺から技術を盗み、飛躍的に成長しているのだ。

いや、もうここまでくると進化と言った方がいいだろう。

「最高の時間だ……! セックスの一千倍は快楽物質が出ている……ッ!」

比較対象が分からんから伝わってこねえ。

ていうか戦いを気持ちいいなんて思ったことないんだけど、じゃあセックスって全然気持ち良くないんじゃん。

童貞から夢を奪ってんじゃねーぞタコ!

「うっさいんだよ! お前さっきから!」

力一杯に剣を振るい、光の斬撃を飛ばす。

校舎を貫通して空へと打ちあがる輝きの波濤《はとう》は、しかし高速で移動するザンバを捉えられない。

衝突のたびに微かな傷が刻まれ、即時治療されていく。

飛び散るような余波の雷撃を避けきれない。

「恐るべき回復能力――生来のものですかッ」

半身を雷撃に転換したまま、ザンバが前方に降り立ち俺を凝視する。

「ズルって言われたら立つ瀬がないんだよな。悪いね」

「いいえ、持っているカードを使わずして戦士は名乗れないですからね」

俺が保有するパッシブスキル『光輝輪転体軀《こうきりんてんたいく》』。

世界を救うまで駆動を止めない体。

ゲーム的に言えば常時微かな回復効果を保持するリジェネスキルだ。

「ならば直撃させるしかないということ！」

やつの両腕が雷撃となって伸びる。

片方は剣を保持して真っすぐ、もう片方は教室の窓を破り、交錯しながら俺の背後を取る。

前方からの攻撃は防ぎ、背後からのは避ける。

「これでも仕留めきれませんか……！」

焦りをにじませるザンバだが、ここで優勢を確信しないあたりも流石だ。

単純に速度域が違うので、実際は互いに剣一本なのに、結果として手数に差が出ている。

俺が一手打つ間に向こうは三手四手と行動している、と言えば分かりやすいか。

だから、俺が防戦一方になっているのはごく自然な成り行きなのだ。

それでも大きくは崩させない。

回避と防御の判断を誤らなければ、ほぼ同時に全方向から雷の速度で攻撃されても対応できる。

「……チッ」

思わず舌打ちが漏れた。

あの速度で移動するのなら、直撃させるためには出力を引き上げる必要がある。

でもこれ以上は相手をブチ殺してしまうし、多分、校舎が消えてなくなる。

だったら俺が取れる手は……

俺はキッと顔を上げた。

四方から飛び掛かってくるザンバを見据える。

「お前の戦いぶりは見事だよ、ザンバ・ソードエックス！　だがここで終わりにする！」

「フハッ――望むところ！　あなたを倒し、僕は証明してみせる……！」

やつは同じことを考えているはずだ。

余波による微かなダメージの蓄積では、自動回復を持つ俺を倒せない。

互いに狙うは、絶命すらあり得る直撃のみ。

「俺は晴れの日が好きなんだよ、ゴロゴロうるせえ日は部屋にこもるに限るな！」

吐き捨てながら、剣を体に寄せた防御の構えを取る。

俺如きが取る構えの狙いなど、一瞬で見抜いているはずだ。

この構えは守りやすいものの、回避のための動きが利かない。

つまりはもう、退《ひ》いたり逃げたりしないという意思表示だ。

「カウンター勝負……！　面白い、乗りましょう！」

前方に稲妻が落ち、体のほとんどを雷撃に転換させているザンバがこちらを見る。

喜びに唇をつり上げたその貌《かお》、やはり見覚えがある。

俺と戦う同級生たちは、ああいう表情をしていた。

「往《い》きます！」

一直線、最高速度――と見せかけて、ザンバが瞬時にターンをかける。

俺の背後へと抜けたうえで死角を突く、と見せかけて斜め上方からの振り下ろし。

回避を捨てた俺は、それを防ぐしかない。

分かっている、ザンバの狙いは俺に防御させた後、高速で放つ二の太刀だ。

だからそんなもの打たせない。

お前の計算はすべて俺に追いつけないと証明するために、この一発目で、潰す！

「……ッ!?」

「捕まえたぞ」

振り下ろされた渾身の斬撃を、俺は剣を持たない左手で受け止め、刀身をつかみ取っていた。

掌《てのひら》からブシュッと血が噴き出す。

「何を――何を、して……ッ!?」

「分かんねえのかよ、プレゼントだよ」

握り込んだ、ザンバの得物。

俺は『救世装置《きゅうせいそうち》（偽《ぎ》）』を発動して、彼の刀を勇者の剣へと上書きした。

変化は劇的だ。

神秘の光を放つ、光輝の聖剣となったザンバの刀が――その膨大な出力を発動しようとして、主によるコントロールのない無制御状態となり、暴発する。

結果は簡潔だ。

逆流した神秘の光がザンバの体を駆け巡り、雷撃状態であろうとお構いなしに、内部をズタズタに破壊した。

「ガアアアアアアアアアアアアアアアアッ!?」

悲鳴を上げて、雷撃状態を強制解除されたザンバが廊下に落下する。

苦悶の表情を浮かべてのたうち回る彼に、俺は今度こそ切っ先を突き付けた。

「どうした？　笑って喜べよ、勇者の剣だぞ。エリンに自慢できるだろ、良かったな」

勇者の剣は普通の人間には扱えない。

それはあまりにも単純な話、使い方が分からないからだ。

使い方が分からない超兵器ほど怖いものはない。

俺以外の人間からすれば、絶えず神秘の光を破壊の権化として垂れ流す危険な装置に過ぎない。

まあ、赤ん坊にいきなりピン抜いた手榴弾《しゆりゆうだん》を握らせれば、ロクでもない結果になるのは明白なのと同じだ。

「ぐ、うう……っ！」

激痛に悶《もだ》えるザンバの手から刀を引きはがす。

神秘を流し込まれなくなり、彼は荒い呼吸をしたまま、こちらを見上げた。

「お前の敗因を教えてやる。総合出力が低いんだよ」

「……！」

「上級魔族を相手取って勝つつもりなら最低でも今の数十倍、いや百倍ぐらいの出力を出せ。そうすれば、俺も真っ向勝負しか選べなくなって、そっちの勝ち筋が生まれるだろう？」

「……簡単に、言わないでくださいよ……そんなこと……」

「だがこれを聞いた以上はやるしかない。お前はそういう男だ」

まあ上級魔族の中でも、相性面で有利取れたら雷撃状態でいい勝負できると思うけどな。

あんまし推奨はできないけど。

ともかく、決着はついた。

俺は剣を腰に差すと、寝転がるザンバの隣に座り込んだ。

「……殺さないんですか」

「頼みがあるからな」

視線を重ねた。

「ソードエックスを見限らないでほしい」

「……それを言うとしたら、僕の方じゃないんですか？」

「あの家にはお前が必要だ。お前の義母さん、エスティアさんを支えてやってくれないか」

魔王が復活すれば、魔族が生み出され人類を襲い始める。

復活の場に居合わせて即時討伐できるなら話は違うが、それは難しいだろう。

だからこそ、人々を守るための剣と盾が多いに越したことはない。

「俺たちは一緒だ。お前個人の願望は違うかもしれないが……戦う人間は、戦えない人間の代わりに頑張るものだろ。なら、人々のために力を合わせたいじゃないか」

そう言い終わった後に、馬鹿みたいなセリフだよな、と思わず自嘲の呟《つぶや》きがこぼれた。

それができるなら苦労はしない。みんなそれぞれの利益と損害の計算があって、すべてがかみ合うことなんかあるはずがない。

「……それを、真正面から言えるからこその勇者……か」

寝転がり、半壊した校舎の天井を見つめながら、ザンバは呟いた。

「僕の負けです。そして」

「いつかは勝つ、だろ。待ってるよ」

笑いながら返すと、彼もまた笑った。

積み上げてきたものを否定したわけじゃない。

だけど、進んでいく先は明確に示したつもりだ。

「また、剣を合わせていただけますか」

「当然だろ。頼み事する側なんだからさ、こっちが」

「……分かりました。ソードエックスを、エスティア義母さんを、なんとか支えていきましょう」

「ああ、頼んだよ」

これですべてが、やっと解決した。

俺は息を吐いて、周囲を見回した。

風通しの良くなった廊下。

星空を直接見ることのできる教室。

台風が通った後みたいな光景だ。

やべえ。

殺される。

「……じゃ、じゃあ俺晩飯あるから」

「ハルート君？」

絶対に聞こえてはいけない声が聞こえた。

俺は錆《さ》びた金属みたいな動きで、ゆっくりと声のした方を振り向く。

「ハルート君、これは？」

廊下の向こう側、突き当たり。

満面の笑みを浮かべた教頭先生の姿があった。

顔は笑っているが、それ以外のすべては怒りを表している。

ブチギレていた。激おこだった。

「ザンバ……ちょっと怖くておしっこ漏らしそうなんだけど」

「勝手に漏らしてください」

「お前も一緒に怒られるんだぞ」

「はい…………」

いい年した成人男性二名は、数時間にわたって正座でお説教を受けた後、粛々と校舎の修理に励むことになるのだった。

第六章 いただきますとさようなら――――

エリンが学校に通い続けることをソードエックス家に認めてもらって、しばらく。

早朝の寮の厨房《ちゅうぼう》にて、土鍋を火にかけてじっと見守る。

中には丁寧に洗った白米が四合ほど入れられていた。

この『CHORD FRONTIER』の世界には稲作の文化がある。

剣と魔法のファンタジー世界なのに米が食える。

最高だ。スタッフが時代考証やら世界観やらを投げ捨ててでも白米を食べられるようにしてくれたこと、本当に感謝している。

そもそもゲームシステム上の食事は、主にキャンプ設営時に所有しているレシピと材料を参照しつつ作ることのできるバフアイテムだった。食事を取ることで一定時間のバフを取得することができるため、ステータスが足りないタイミングなどで重宝したものだ。

この手のシステムの宿命というべきか、後半になるとレシピコンプ用にしか作らなくなってしまっていたけども。

ちなみにキャンプ以外でも、携帯できる食事はアイテムと同じ扱いでいつでも食べることができた。

具体的な例を挙げると、おにぎりを食べると体力が20回復する。

あとチキンの甘辛煮は攻撃力のバフがついた。

なんで辛い食べ物って攻撃力アップ効果を持ってることが多いんだろうな。体が熱くなって攻撃性が増すとか？　じゃあエロ漫画の女の子たち、熱くなってきたって服脱いでる時攻撃力が高まってるのかな。

そんなことを考えてるうちに鍋が湯気を上げ始めた。

生徒たちが食堂へとやって来る頃にベストな状態で出せるよう、時間も計算している。

「よし……」

網の上に今朝《けさ》釣れた魚を敷き、じっくりと焼き目をつけていく。

山を一つ崩してしまった際は大いに焦ったものの、幸いにも近所の清流に影響はなかった。

罠《わな》を張っておくとまとめて十数匹ぐらいの魚が獲《と》れるので、そいつらを生《い》け簀《す》に放って順次食べさせていただくのがこの学校の習慣である。

並行して別のフライパンに卵を落とし、目玉焼きを作る。

エリンとシャロンが半熟、クユミはしっかり火の入った固めの焼き加減を好む。

俺と教頭先生はなんでもいいので今日はクユミに合わせる。

強いて言えば俺も半熟が好きだが、溢《あふ》れかえった黄身の処置が下手過ぎて皿を猟奇殺人事件の現場みたいにしてしまうのが難点だ。

隅っこの鍋も火にかけて、みそ汁を温めなおす。

ダシから引いた自慢の一品だ。

というか顆粒《かりゅう》ダシの類がないからそうしているだけではある。

「なんでクソ忙しいのにこんな手間暇かけてるんだ俺」

気づきを得てしまった。

趣味として突き詰めているわけではなく、料理の世界で科学が発展していないから、省略できない手間が発生しているという事実に頬が引きつる。

誰かめんつゆとか開発してくんねーかな。

手間と税金は少ないに限りますな。ハルートでした。

何はともあれ、これで献立は揃《そろ》った。

本日の朝食。

白米、焼き魚、目玉焼き、みそ汁。

「異世界感がなさ過ぎる……まあいいか」

元日本人としては和食を定期的に食べられるのは本当にありがたいことだ。

前のパーティで旅してる時も、調理番のたびに和食を作っていたものである。

てきぱきと全員分の食事を器に盛りつけて、エプロンを脱ぐ。

厨房を出て食堂に顔を出すと、椅子に座って足をブラブラさせるクユミの姿があった。

彼女は毎朝欠かさず自主練をしているらしく、いつも一番に来ている。

「あっ、おはよ～せんせい♡　今日は可愛《かわい》いエプロン着てないんだ？」

「お前に散々からかわれたから、調理終わったらすぐ脱ぐようにしたんだよ……」

いい加減買い替えてほしいんだけどあれしかないんだよな。

成人男性が着るべきデザインではない。

「校舎壊しちゃったから、今週は給食もトイレ掃除も全部せんせいの担当なんだっけ♡」

「ああ、完全に俺が悪かったからなあ。仕方ないよ」

ザンバも校舎の再建は手伝ったし、放課後には雷速で来て掃除を手伝うことになっている。

あいつ早馬を持ってる利点を完全に自分で潰したんだよな。

潰したというか使う必要なくなったというか。

「でもさ……せんせいたちって、どうやって校舎直したの？」

クユミが探るような視線を向けてきた。

確かに、半壊した別校舎の完全再建には三日ほどかかった。

業者を頼めばまあ……一ヵ月、で直るわけもない、のかなあ……

「この学校の校舎ってさ」

「うん♡」

「俺が学生の頃に二百回ぐらい全壊させてるんだよ」

「は？」

そりゃもう最初の頃の校舎は酷《ひど》かった。

木造なのは仕方ないにしても、対魔力コーティングすらしてない普通の建物だったからな。

勇者の剣を三回ぐらい振るうと更地になってしまう有様だ。

俺以外の生徒同士の戦いでもぶっ壊れるし。

建てては壊して建てては壊しての繰り返しをやっていた。

「だからだんだんと、壊れにくい素材を使ったり、組み立てるだけですぐ元通りになるような構造にしたり、色々と改造していったんだよ」

「……へ、へ～………」

明らかにクユミの視線に困惑と恐怖が混ざっていた。

こいつは何を言っているんだ、と目が雄弁に語っている。

「つまりな、みんなももっと学校壊してもいいんだぞ」

「そんなことするわけないじゃん!?」

「冗談だよ」

からかわれたのだと気づき、クユミはむっと頬を膨らませた。

クユミにやり返せる貴重な機会だったから、つい舌が躍ってしまったな。

「……もうせんせいなんて知らな～い」

「はいはい、悪かったよ」

と、その時食堂へと近づいてくる足音が二人分聞こえた。

エリンとシャロンが起きてきたのだろう。

「あ、トレー運んであげるね♡」

さっきまでの不機嫌さはどこへいったのか。

クユミはぴょんと椅子から降りて、鼻歌交じりに厨房へと歩いていく。

「毎朝一緒に運んでくれるけど、別に手伝わなくてもいいいんだぞ」

「好きでやってるだけだから気にしないでいいよ♡」

振り向いたクユミの服の袖からダガーが飛翔《ひしょう》してきた。

それを指でパシと受け止める。

「やってて楽しいか？」

ダガーを返しながら問いかける。

実際、本当に不思議なのだ。こうして不意打ちをしかけてくる日とそうじゃない日があるから、隙をうかがっているわけでもなさそうだし。

彼女は顎に指を当てて少し考えこんだ。

「ん～……夫婦で食堂を切り盛りしてるみたいだからかな♡」

「はいはい……」

にひ、と笑うクユミの言葉に俺は肩をすくめた。

教師と生徒なのに夫婦に見えたら問題だろ。

「あはは、せんせいってば耳赤いよ？」

「お前のせいだよお前のなあ！」

畜生！　また勝てなかったよ……

◇

朝の和食セットを食べ終わった後。

エリンは丁寧に手を合わせた後、ふと呟《つぶや》く。

「センセが担当してる時のごはんって粗食感が強いよね」

すさまじい暴言を食らって俺は膝から崩れ落ちた。

「分かる。素材の味で直球勝負って感じ」

完食したシャロンまで乗っかってきてしまった。

そ、そんな……前の仲間たちは嬉《うれ》しそうに食べてくれていたというのに……！

いやもしかしてあいつらも思っていたのか？

言うに言えなかったのか？　お前の作る飯って貧乏くさいとか言ったら気まず過ぎるからか？

「せんせい、クユミちゃんは分かってるよ♡」

顔を上げると、クユミがぽんと肩に手を置いてきた。

「十分な食料が調達できない時のための訓練だよね♡」

「え……違うけど」

「……フォローやめとこっかな～」

数秒だけ味方をしてくれたクユミは即座に俺を見限った。

さすがだ、状況判断能力に長《た》けている。

「で、でも栄養バランスはいいし、味だってそりゃ素材の力だが、美味《おい》しいだろう!?」

「あっ……センセ、悪口言ってるつもりじゃなかったんだよっ!?」

慌てた様子でエリンが立ち上がる。

「全然、毎日食べたい！　うん、このお味噌汁《みそしる》とか毎日イケるねうん！」

「……そうすか」

俺は顔を手で覆って天を仰いだ。

ナチュラルに生徒に口説かれていた。

そして誉《ほ》め言葉《ことば》自体は非常に嬉しく、自分の顔がにやけまくっているのも分かった。

チョロ過ぎる。

俺はあまりにも、チョロ過ぎる。

「……先生、いい大人なんだから、褒められるたびにマジ照れするのなんとかした方がいいよ」

シャロンが半眼になって俺を睨《にら》む。

まったくもっておっしゃる通りではあるんですが、じゃあどうすればいいんですかね。

「ま、エリンちゃんも言葉遣いは改めるべきかもしれないけどね♡」

「えっ？　あたし、なんか変なこと言ってた？」

きょとんと首を傾《かし》げるエリンに対して、やれやれとクユミが肩をすくめた。

このメンバーの中で最も肩をすくめるポーズが似合わなそうで似合うのが腹立たしい。当然、メンバーという枠の中に俺も入れた上での話だ。

「はいはい。せんせいは素敵なお嫁さんになれるみたいで、良かったね～♡」

「俺自分の力制御できない頃に包丁握ったらぴかぴか光り始めてさあ」

「……制御できるようになって本当に良かったね～」

クユミは気の毒そうな顔になった。

まな板ごと厨房を両断してたからなあ、あの時期。

「……とにかく、私たちは先生の料理、好きだよ」

「お、おお。ありがとな」

上品に口元をナプキンで拭った後、シャロンは柔らかく微笑《ほほえ》む。

「家にいた頃はずっと一人で食べさせられて、味も分からなかったし」

「あー分かる！　あたしも体づくりだとかなんだとかで全部管理されてた」

「そだよね～。まずくても食べなきゃダメ、ってよく言われたし吐いても許されなかったもん♡」

決めたわ明日からめちゃくちゃ豪勢な料理作りまくる。

こいつらの人生に俺が彩りをもたらしてやる。

勇者の末裔《まつえい》としては難しいかもしれないが、ここのコックとして俺はこいつらを幸せにしてみせる……！

◇

平日を終えた週末。

リミットは二日間のみだ。

俺は生徒三人のために、最強の料理を作る。

であるなら、材料の段階からこだわらなくてはならないのは当然だ。

「行くんですね」

「ええ」

まだ日の昇っていない早朝。

装備を整えた俺は寮を玄関から出るところだった。

見送りに出てきてくれた教頭先生は呆《あき》れた様子だ。

エリンたちは休日でも当然のように俺を叩《たた》き起こして遊びに付き合わせようとしてくる。

俺に対する気遣いはうれしいが、今日だけは一緒に遊べないことを許してほしい。

っていうか教師の部屋に勝手に入ってくるのをやめてほしい。お前のことだぞシャロン。

「料理の材料を集めに行くそうですが、どこまで？」

「国外には出ないつもりです、時間かかり過ぎちゃうんで」

生徒と共に移動する時なんかは、社会経験も兼ねて馬車を使う。

だが今回は、俺が短い時間で国内をびゅんびゅん飛び回らないといけない。

申し訳ないのだが、勇者の末裔のスペックをフル活用させてもらう。

「まったく……変なところでこだわりが強いのも考え物ですね」

「昔から僕はそうだったでしょう？」

「ええ、もちろん。なんて面倒くさい人なんだと何度も思いました」

流石《さすが》にそこまで言われると傷つく。

とても悲しい。

「じゃ、じゃあ行ってきますね……」

「ええ、気をつけてくださいね」

そう教頭先生と会話をした後、ふと視線を感じた。

顔を上げると、寮の二階の廊下からこちらを見下ろすクユミの姿があった。

げっ見つかった……と思ったが、彼女は笑顔で手を振ってくる。

どうやら今回は見逃してくれるらしい。

手を振り返した後、俺はその場でカバンを背負いなおすと、息を吐いた。

全身に軽く魔力を循環させる。

それから地面を蹴って走り出し、スピードを上げていく。

一歩で田畑を越えて、一跳びで山を越える。

勇者の末裔の体は、身体能力に限れば全人類の中でも最高峰に位置する。

当然魔法に関する適性も抜群の高さを誇り、戦闘に活用するステータスの中で低かったり平均値に近かったりするものは一切ない。この血を引いて生まれた時点で、世界最強を名乗ることがほとんど確定したと言っていいレベルだ。

……まあ、そういう体なので。

魔法までフル活用して全力疾走すると余波で町が吹っ飛びかねない。

今回はマラソン気分で、足を使い移動するつもりだ。

大体時速三百キロぐらいが目安かな。

昔のパーティだと移動する時、マリーメイアが来る前はみんなして走って移動してたなあ。

あふれ出る神秘の力を転用するだけで音速の壁を越えて移動していた僧侶。

魔法とか使わずに純粋な身体能力のみで俺の最高速に平然と追いついてきた女騎士。

空間そのものを歪《ゆが》ませて移動先を寄せている、とかなんとか言って下手すりゃ俺より速く動き回っていた魔法使い。

バケモンしかおらん。

というか、勇者の末裔っていうロジックがある俺が一番マシなんじゃないの？

あいつら全員、なんとなくできる気がしたからやってみたらできた、みたいな感じだったぞ。

まあ便利ではあったんだけどな、そろっての移動がすぐに済むから。

最初に目的地に着いたやつが俺の肩を揉《も》み一晩共に過ごすように、なんてクズ勇者らしい命令を下したら……あっこれ思い出したくない記憶のやつだった。

マリーメイアが加入してからは、そういう競走はやらなくなって、持ち回りで彼女を抱えて移動していたものだ。

お姫様抱っこで運ぶことになった時なんて失神するかと思ったよ。

「っと、ここか……」

かつての仲間たちに思いをはせていると、危うく目的地を通り過ぎるところだった。

町を十個単位で通り過ぎた場所、神秘の濃度が高い山奥。

ここでは人里に降りてくることのない、普通はお目にかかれない野生動物たちが暮らしている。

「はいはいちょっとごめんね～」

小さな動物たちをどかして、大きめの木の根元にリュックサックを置く。

それから顔を上げて、少し離れたところにある巨木を視認した。

まだ日が昇っていない以上、闇の中に輪郭が溶けて目で見るのは難しい。

夜でも平気で見通す勇者の体で良かったよ。

全長二十メートルはあろうかという巨木の上部に、目的のものがあるのが確認できる。

それは木々を組み合わせて作られた鳥の巣だった。

最初に集めようと思っていたのはワイヤーコンドルという鳥の卵だ。

ワイヤーコンドルは翼を広げた際のサイズが十メートル近くあり、個体によってはワイバーンを正面からぶちのめしてテリトリーを守ってしまうほどの鳥である。

その巣から、人間の赤ん坊みたいなサイズの卵をいくつか頂戴させてもらう。

当然ながら素人が手を出せる代物じゃない。

美食と名高いがゆえに、無謀な挑戦を行い醜態をさらす冒険者は毎年のように発生する。

だが俺は素人ではない、プロだ。

このミッション、必ず完遂する。

ワイヤーコンドルの気配はない。今のうちにさっさと卵をいただくとしよう。

俺は卵を保護するクッションをカバンから取り出すべく、ジジジ……とファスナーを開ける。

バッグの中では、器用に体を丸めたクユミがにひひと笑いながらこちらを見上げていた。

「あーあいけないいんだ♡　大人のくせに子供を誘拐しちゃっ」

俺は無言でバッグを閉めた。

どうか見間違いであってくれ。

ファスナーを開けると、クユミがぽーんと勢いよく飛び出してきた。

「もう、いきなり閉めるなんて信じられないんだけど♡」

「そりゃ閉めるだろ」

移動している間ずっと体を丸めていたからだろうか、クユミはその場でうんと伸びをして、張り詰めていた体をほぐし始める。

私服というよりは、運動用のスポーティな格好だ。

「お前、二階にいただろ。アレは……」

「残像だよ♡」

んなわけねーだろ魔力で編み込んだ分身体だろ。

意趣返しに全力過ぎだ、と半眼になる。

「クユミちゃんたちのために料理を作ってくれるなんて、せんせいってばカッコつけ過ぎなんだから～♡」

　こちらの表情などお構いなしに、間合いを詰めてきたクユミが頬をつんつんしてくる。

　クソッ、反省の色がないうえに距離が近いし、可愛いし、距離が近い……！

「って待ってくれよ、カバンに入れてた道具はどうしたんだよ」

「え？　せんせいの部屋に置いてきたよ？　このクユミちゃんがいたら要《い》らないよああいうの♡」

　ものすごく傲慢な言葉が飛び出てきた。

　いや確かに鱗《うろこ》剝いだりとか解体したりとか、そういうのは一任しても良さそうだな。

　言われてみればやれることの幅が広過ぎるだろ。

「まあ、ついてきたものは仕方ないか」

「うんうん♡　こっちもこっちで、色々と勉強させてもらうつもりだったからね♡」

「勉強ってなんだよ……」

「今度知り合いが同人誌即売会でせんせいの本出したいんだって♡」

「本人に言うな！」

　本人に言うな！

　いや……本人に言うな！

　同人誌即売会があるのは知ってるから別にいい。

　サブクエで目当ての本をお使いで買いに行かされたり、場合によってはサークル側で参加することになったりするし。

　でもね……

「生ものジャンルは本当に細心の注意を払わないと駄目なんだぞ。ファン界隈《かいわい》の治安がどうこうとか以前に、そういうジャンルに手を出す時点でみんなやっぱり一線を越えてしまった人が多いんだ。ただでさえ理解を得にくい場所で活動しているっていうのに火種の一つや二つを置いてみろ、ひどいことになるのは目に見えているだろう？」

「えっ……急に早口になってキモ……」

　し、しまった。オタク早口が出てしまった。

　しかも愛を語るとかじゃなくて普通に自治厨《じちちゅう》っぽい発言で早口になった。キモ過ぎ。

「ごめん今のは忘れてくれ……まあ、俺も忘れるから……」

「ふーん。でも聞いた話だと、せんせいに直接聞いた話をまとめてる超大手サークルなんかもいるらしいよ？」

「なんだそりゃ。騙《かた》ってるだけなんじゃないか？」

　適当に言いながらカバンの中を漁《あさ》る。偶然だろうが卵を保護するクッションは残っていた。とりあえずこれで卵は何とかなるか。

　そうやってひとまずの算段を立てていた時のことだ。

　ばっさばっさ、と翼のはためく音が響いた。

　見上げれば、夜闇の中に混じらぬはっきりとしたシルエットが空をすべっていく。

この山の主《ぬし》――ワイヤーコンドルだ。

「あの鳥さんを食べるの？」

「いや、ワイヤーコンドルの方は可食部位が少ないうえに味も絶品って程じゃない」

「へえ～、食べたことあるんだ♡」

冒険の旅をしてたら女騎士が首引っ摑《つか》んでずるずると引きずってきたことがあったからな。

「チッ、予定変更だ」

「あ、そっか、親が帰ってきたからこっそり盗めなくなったもんね……どうするの？」

「まず木を倒す」

俺は学校から引っ張ってきた訓練用の剣を勇者の剣に変えて、ブンと振るった。

飛んでいった光の斬撃が、ワイヤーコンドルの巣のある木に直撃、根本をブチぬいた。

「……せんせい？」

「よし！　ここからはスピード勝負だついてこい！　地面に落ちる前に卵を拾うぞ！」

「……せ、せんせいが勝手にリミットを設定しただけじゃない？　ちょっ、いきなり始められても
……計画性なし♡　情報共有へたくそ♡　デート絶対うまくいかない♡」

並走してきたクユミの囁《ささや》き声がめっちゃくちゃ酷くて視界がにじんだ。

しかし今ばかりは泣いている場合ではない。

風のように突っ込み、ワイヤーコンドルの卵を拾い上げる。幸いにも地面へ叩きつけられる前にすべてを回収できた。

一つだけは腕に抱え、他はすべて巣に戻してそそくさと退散する。

見上げればワイヤーコンドルが慌てて飛び立っていくところだった。

「あの鳥さん、追いかけてこないよね……？」

「いきなり魔力反応があって木が倒れたから、恐慌状態になってしばらくは戻ってこないよ。他の卵は野生動物に見つからないよう葉っぱで隠したし、これでお暇《いとま》させてもらおう」

「えっ……あの鳥さん、魔力感じ取れるの……？」

そういう動物もいる。

「怖いね～……ま、無敵のせんせいがいるから大丈夫か♡」

クユミはきゃぴっと笑って、俺の片腕にしがみついてきた。

「いざという時は守ってくれるもんね♡」

「いざという時以外でも守るけど……？」

「…………あっそ♡」

生徒を守らなくていい時間って逆に何だよ。

そんな時間は存在しねえよ。

「ひとまずこれで卵は確保できたから、次は肉だな。肉」

「……」

「こないだ粗食って言われてから考え直したんだが、仮にも食べ盛りの三人を相手にするなら、確かに味付けを見直すべきだと思ったんだ。考え方はこれで合ってるよな？……クユミ？」

「ふえっ!? あ、ああうん、そだね♡」

そっぽを向いて黙り込んでいた彼女は少し慌てた様子で頷《うなず》いてくれた。

俺だってこの世界に転生してくる前は濃い味付けを好んでいたものだ。

塾の帰り道ではマックに立ち寄ったりとか超してた。

「えっと、次はお肉なんだよね、ということは……?」

「ああ、狩りの時間だ」

恐る恐るといった様子の質問に正面から返事をする。

流石のクユミもかなり嫌そうな表情を浮かべた。

「えぇー……なんかクユミちゃん、自然界の厳しさを教え込まれてる感じがするんだけど~?」

元々お前がついてくる予定じゃなかっただけなんだよな。

まあでも、ちょうどいいかもしれん。

「シーフ系統のジョブを目指すのなら、いい経験になるんじゃないか」

◇

日が昇ってしばらく経《た》った後。

俺たちが今いるのは、今回狙うゴールデンラビットが生息する、開けた荒野。

そこで迷彩魔法を身に纏《まと》い、地に伏せて、俺とクユミはじっと息をひそめていた。

「いい経験って、これが～……？」

器用にも小声で問うてくるクユミ。

というか潜伏が俺より普通にうまかった。

隣にいるのに気配を全然感じ取ることができない。

「ああ。対象が来るまでじっくりと待つんだ。ピカピカ光る兎《うさぎ》が必ずやって来る」

「先に潜伏する意義が全然感じられないんだけど♡」

ゴールデンラビットは美味し過ぎて全身がピカピカ光る。

これは一般的に、うまみ成分があまりにも濃縮されているから起きる発光現象ではないかと言われている。

ハンターたちは日夜、超高額で取引されるその輝く獣を探して荒野を駆けるのだ。

「要するにはさ～、潜伏して一気にバッサリいく練習ってことだよね～？」

クユミはけだるげな表情で立ち上がった。

迷彩魔法が解除される。声をかける暇もなかった。

「それはもういーかな～」

つまらなそうな声でそうつぶやいた後、クユミがちらりと視線を横へ向けた。

見れば太陽の光の中でも燦然《さんぜん》と輝く、黄金色に輝く兎がじっとこちらを見ている。

「げっ」

「あれを仕留めれば万事解決ってことじゃんね♡」

弾むような声と同時に、クユミの姿が消えた。

最高速度で移動を開始した彼女は、地面を蹴って、獲物の斜め上方を位置取っている。

「早く帰りたいから死んでね♡」

可愛らしい声と共にクユミの両腕がブレる。

彼女は多方向からのダガーの投擲《とうてき》とワイヤーによる拘束をゴールデンラビットに仕掛けた。

――その頃にはもう、ゴールデンラビットの姿はそこにはない。

「…………はえ？」

自分の仕掛けがすべて回避された――と、クユミは着地してから気づいた。

今のを回避できるのは凄腕《すごうで》の冒険者の中でもスピードに長けたやつだけだな。

普通は回避できない。もう受けてからなんとかするしかない。

「えっ、ちょ、どこ？　どこいったの!?」

「多分だけど、さっきから首重いし俺の頭の上じゃない？」

「は？……ちょっせんせい本当に頭の上にいるんだけど!?　何!?」

ゴールデンラビットは極端に敏捷性《びんしょうせい》が高いステータスを保持する。

先手を取れることはほぼない。

そして敏捷性と同様に幸運値が異様に高い。

超高速で移動するもんだからまぐれ当たりしか期待できない。

でもめっちゃラッキーな体質だからまぐれ当たりが成立することはほぼない。

何よりも――旧パーティの魔法使いが動物言語理解魔法を使って会話したところ。

各地で噂されているゴールデンラビットとは、この一個体のみ。

他にも個体がいるわけではなく、ゴールデンラビットとは彼女が大陸中を駆けまわったがゆえに生じた架空の種族。

お前は何のために食事可能モンスターとして設計されたんだよと開発チームごと問い詰めたくなる謎の存在。

それが食材ランク最上級品七つのうち一つ、ゴールデンラビットなのである。

……いやゲーム上で倒したら撃破じゃなくて逃走モーションするなあとはユーザーみんな思ってたけど本当に死んでなかったしお前だけだったのかよこの種族!!

「お久しぶりです、ラビットさん」

挨拶すると、彼女は俺の頭からぴょんと飛び降りた。

またお前かよみたいな表情でわざとらしく嘆息すると、こちらをじろっと見てくる。

「クユミ、ちょっとこっち来い」

「え？　あっ、え……？」

「すみません、こっち今、俺が世話してる子でして。クユミっていうんです、顔だけでも覚えてやってください」

「あ、はい、どうもクユミです……？」

俺はカバンから取り出したニンジンをクユミに握らせた。

「え？　え？　え？」

「それ渡せ。賄賂だ」

「え？　ちょっとごめんね、せんせい、今クユミちゃん本当に追いつけてない」

クユミが完全に壊れてしまった。

仕方ないので彼女の手を引っ張り、ラビットさんの口元へとニンジンを差し出す。

二人羽織に近い姿勢だ。

差し出されたニンジンの香りを確かめた後、目にもとまらぬスピードでラビットさんはニンジンを平らげた。流石は教頭先生印、一級品だ。

常人の動体視力では、一瞬でニンジンが根元以外を消し飛ばされたようにしか見えないだろう。

「どうやら気に入ってくれたみたいだ」

「はあ……えっと、せんせい？」

クユミはニンジンを俺に渡した後、恐る恐るラビットさんを指さす。

既にラビットさんは高速で左右への移動を開始している。

「このラビットさんを、捕まえるんだよね……？」

「いや違うぞ。捧《ささ》げものをしたラビットさんは、高速で反復横跳びすることで位置座標の指定が間に合わなくなり、ラビットさんの意識のない分身体を生み出してくれるんだ」

俺の説明を聞いて、クユミはこちらへと、狂人を見る目を向けてきた。

もはや恐怖すら混じっていた。

「……何言ってるか本当に分からないんだけど？」

あっやべ、そうかゲーム的な説明だと伝わらないか。

見ているだけでも分かってくれるとは思うが、流石に説明なしで放置はかわいそうか。

「要するに、ラビットさんは意識のない状態の肉体をコピーできるんだ。俺は前にラビットさんと知り合ってて、こうして時々体を分けてもらってるんだよね」

「えぇ……？」

そうこうしているうちに、ひと汗かいたぜと言わんばかりに気持ち良さげなラビットさんの隣には、意識なく白目をむいているラビットさんの肉体が転がっていた。

何度見ても最悪な絵面だ。幽体離脱にしか見えない。

「ラビットさん、ありがとうございました」

魂の入っていない肉体を手早くカバンに詰める。

ラビットさんは一つ頷くと、俺とクユミにパチンとウィンクして、そのまま消えた。

高速でどこかへ行ったのだろう。

「……せんせい、クユミちゃん、寝てたかも♡」

「あれは現実だ」

クユミは笑顔を消してものすごく嫌そうな表情を浮かべた。

ネタ枠で作られた存在だが、そのスペックを実際に反映されるとこうなるんだよなあ。魔法使いもあの速度だと広範囲殲滅《せんめつ》魔法でありえないぐらいの犠牲を払わなければ仕留めきれないと言っていたし。

「えっと、せんせい、させたかったいい経験って……？」

ラビットさんがいなくなったのを改めて確認した後、クユミがこちらを振り向く。

「どんなに頑張っても、不意打ちっていう概念が根本的に通用しない存在がこの世界にはいる。シーフ職の人間は必ずその壁にぶつかるんだ」

俺は粛々と語った。

「だから心苦しいけど、こうして実際に壁にぶつかってもらおうと思ったんだ。その上で君がどう考えるかを聞きたい」

「……」

クユミは心の底からあきれ返った様子でまなじりをつり上げる。

なんだ、俺としてはかなり会心の校外学習だったんだが。

困惑する俺に対して、ずいと顔を寄せて彼女は唇を尖《とが》らせる。

「もうせんせいっていう大き過ぎる壁にぶつかってるんだけど～？　こっちはさ～？」

「あっ……」

あっ……

◇

卵と肉と手に入れた後、俺とクユミは次の材料を得るべく場所を変えていた。

コース料理を作るわけではないが、肉とくれば魚だろう。

「なんか……落ち着くね～♡」

「こういう時間も悪くないだろう？」

「うんうん♡」

神秘の気配漂う山奥の渓流にて、俺とクユミは並んで釣竿《つりざお》を垂らしていた。

ラビットさんほど明確に意識を持った存在相手ではないので、こうしてのんびりとエサにかかるのを待つことができる。

もう少し時間に余裕があれば海まで繰り出したんだけどなー。

食材ランク最上級品七つのうち一つ、ダイオウヨロイウオはその堅牢《けんろう》な鱗を越えた先に最高の身が詰まっている。

鎧《よろい》が堅牢過ぎて勇者の剣並みの武器を使わないとさばけないことを除けば最高の魚だ。前にふるまった時は教頭先生も超大喜びだったし。

今回は見送ったが、いつかは三人に食べさせてやりたいものである。

「他にはどこ行くの？」

「今日はこの後王都に戻って、食材の鮮度を維持する倉庫に入れてもらうつもりだ。で、夜まで休んで、日が昇る前にまた動き始める」

「わあ、せんせいの移動速度ありきのスケジュールだね♡」

ここに来る途中もクユミをお姫様抱っこして走ることになった。

久しぶりの感覚だったが、やっぱこれ心臓に悪いわ。

人生で一番異性と密着する瞬間が移動中っておかしいだろ。

「明日には帰るんだよね？」

「ああ、昼には帰って料理の準備をしないといけないからな」

旬の野菜に関しては、ある程度は校舎裏の教頭先生の菜園をアテにしている。

とはいえ他にもいくつかは必要なので、そこは王都で仕入れるつもりだ。

「じゃあ今はお魚さん待ちってことだよね、ヒマだしなんか面白いこと喋《しゃべ》ってよ♡」

「最悪の振りが来てしまった……」

かつてカデンタと共に級友の合コンを破壊しに行った際も、同様のフレーズをぶつけられたことがある。あの時は何を話したんだったか……ええと。

「じゃあ、俺が昔、カースドペインドラゴンの群れと戦った話なんだけどさ」

「ここでいう面白さは冒険譚《ぼうけんたん》的な面白さではないかな♡」

真っ向から論破されてしまった。

おかしいな。前は級友たちがノリにノってくれたんだが。

「ていうかそれ絶滅した種族じゃなかったっけ～？」

「魔族が自己繁殖するように原生ワイバーンを改造した敵対種族だったからな。卒業研究で俺が絶滅させた」

「…………………………」

クユミは——ドン引きしていた。

あー、いや、これって自慢話になるのか。

まずいな、合コンで自慢話なんかするやつは絶対にモテないのにやってしまった。

「せんせいって、勝てない相手いなそうだね～……」

心の底から戦慄した様子で、彼女は恐る恐る言った。

それを聞いて、俺は腕を組んで唸《うな》る。

「うーん」

「え？」

勝てない相手、っていうとなぁ。

ちょっと難しい話というか。

「負けなかったけど勝てなかった相手、とかなら結構いるな……」

「え、先生が……？」

殺しても魂のストックを持ってる上級魔族とかがパッと出てくる。

幸いにも簡単にストックは増えないので何度も殺し続けるとかすれば対応できるんだけどね。

「無敵じゃないからね、俺」

「ふ～ん、そっか～♡」

俺が弱いところを見せると、クユミはちょっとホッとすることが多い。

暗殺狙ってたりしないよね？　大丈夫かな？

「じゃあクユミちゃんがもっと強くなったら届くかな？」

「かもな」

「だったら、もっと人殺しが上手《うま》くならないといけないね♡」

なんてことを言うんだ。

「流石にそういうのは教えられないんだけどなぁ」

「えぇ～、もっと人殺しが上手くなりたいって言ったら、手伝ってくれないの？　敵を殺す技術であることは代わりないはずなのに？」

言ってから、クユミの表情が微《かす》かに曇った。

意地の悪い質問過ぎるという自覚が発生したらしい。

でも普段は利口な一面を見せる彼女が、ちょっと勢いに任せて口走ってしまったのはいいことなんじゃないだろうか。素直に言ってくれた的な意味で。

「って、いや、そんなの気にしたってしょうがないか♡　当たり前だもんね、あはは♡」

「……当たり前、っていう言葉だけじゃ、説明したとは言えないだろ」

俺は自分の頭の中で言葉を精査して、ゆっくりとまとめていく。

綺麗《きれい》ごとを綺麗ごとと一括《ひとくく》りにしてしまうのは楽だけど、それは教えているとは言えない。

「大人だから、先生だから、それなら子供の夢を叶《かな》えるために頑張るものだって、それだけで思考停止したくない」

生徒の望みであるなら手伝うべき、と断言するのは簡単だ。

でもそれだけじゃだめだと思う。

「生徒が目指す先っていうのは、やっぱりまだ選択肢を全部知ってるわけじゃないから。これが当然だと思うって言って、崖際まで走っていっちゃう子もいると思うんだよ」

「………………」

「だから俺は夢を叶えるだけじゃなくて、夢を一緒に探したい。そして生徒たちが胸を張って宣言できる夢が見つかったのなら、その時にこそ、俺が教えられることを全部教えたい」

別に先生として勉強したわけじゃないけど、今はそう思っている。

エリンたちが『2』のシナリオを終えた後の人生で、この時間が役に立てばいい。

与えられた役割は、果たさなきゃいけないけど……

でもその後は、自由に生きていいと思うから。

あと迂闊《うかつ》にやりたいこと肯定するとシナリオから外れそうだしな！

シナリオを守るために、やりたいことをいくら言われてもいったん保留したい。我ながら実に完成度の高い玉虫色の回答だ。玉虫よりも輝いているかもしれない。

「……せんせいさ」

「ん？」

ちょっと暑苦しかったかなと頬をかいていると、クユミはふっと笑った。

それは今まで見せてきた、揶揄《からか》いのためのものではなく、本当に柔らかいもので。

木々の隙間から漏れる温かい光に彩られた笑顔に、俺は年甲斐《としがい》もなく完全に見惚《みと》れてしまった。

「……釣竿、引いてるよ♡」

「えっ？　あっあっぁちょっとそれ先に言ってくれよぉ!?」

言われてみたら本当に釣竿が唸りを上げていた。

慌てて必死に魚との格闘を始める俺を、クユミは爆笑しながら見ているのだった。

◇

渓流釣りは大成功。

予定していたより随分と多くの狙いの魚たちを手に入れることができた。

いったん王都に移動して、鮮度保存をしてくれる業者に今日の収穫品たちを渡す。

業者の人は俺が預けた物品を見てちょっと引いていた。

「何かこう、パーティーをされるんですか……？」

「そんな感じです」

「そ、そうですか……あとあのお客様、どこかで見かけたような気がするんですけど」

「気のせいです」

怪しまれてしまったので、明日の午前中には取りに来るとだけ伝えて、すたこらさっさと退散。

それから宿屋に入り、二部屋を取ってクユミと別れて入った。

実のところ、明日の早朝までは空き時間となっているのだ。

「じゃあ王都観光行ってくるね♡」

「気をつけろよ、危ないところには行かないように」

「分かってるってば、知り合いに久々に顔を見せに行くだけだよ♡」

クユミをどこかに連れていってやるべきかと思っていたが、彼女は彼女で用事があるらしい。

そういうわけで俺は遠慮なく部屋に帰り、スッとベッドに入った。

今日はもう終わり。

明日が早いので、寝るのは理に適っている。

「やっぱり夕方から怠惰に寝る時間は最高だな……！」

ちょっと前世ぶりかもしれないこの絶妙に何にもならない時間の睡眠に心を躍らせて。

俺は布団をかぶって、無事に夢の世界へと旅立った――

◇

助けられなかった人たちの声が聞こえる。

助けられなかった人たちの顔が見える。

その向こう側で嗤《わら》っている。

お前なんかじゃ世界を救えないと、俺を嘲笑《あざわら》う魔族がいる。

いつも通り、剣を振るって、根こそぎ蒸発させる。

対症療法としてしか存在しない、根治のためには役に立たない輝き。

これしかできない単一の刃《やいば》として、俺は腕を何度も振るう。

◇

「せんせい、起きて」

目を開くと、がらんどうな瞳でクユミがこちらを見下ろしていた。

宿の部屋だ。窓から日の光は差していない。

「……おはようクユミ。よく眠れたか？」

「うん」

彼女の手は俺の首筋に当てられている。

脈を測っていたようだ。

「……生きてるね」

「生きてるよ」

いつからこうしていたんだろうか、とぼんやりした頭の中で考える。

殺意があればすぐ体が反応すると思うけど、なかったのなら、それなりに長い時間こうしていたのかもしれない。

「どうしたんだ。俺、うなされたりしてたのか？」

「ううん、むしろ心配になるぐらい身動きしなかったよ」

声に抑揚がない。

珍しいというか、見たことのないクユミだ。

「せんせいも、嫌な夢を見ることとあるの？」

「あるよ、全然ある」

もしかしてこの子、朝に弱いのだろうか。

言われてみるとクユミが低血圧っぽいのは印象に合うな。

「……朝ごはんにするか」

「え？」

低血圧というのならばご飯を食べるしかあるまい。

渓流で釣った魚のうち、数匹を鮮度保存魔法をかけてカバンに忍ばせていた。

「外に出よう」

「え、うん……」

クユミを連れて宿の部屋を出て、裏手の庭に向かう。

開けたスペースがあったので、そこで火属性魔法を使い魚を焼き始めた。

ぱちぱちとはぜる音と共にいい香りが立ち上ってくる。

「ほら」

焼き上がった魚を串に刺して手渡す。

クユミは不思議そうに焼き魚を眺めた後、がぶっとかじりついた。

この魚は火をしっかり通すと、骨まで食べられるようになるのが偉い。もちろん刺身など別の料理として出す際には骨は除くけど。

「美味し……」

魚の身をごくんと呑《の》み込んだ後に、クユミが呟く。

思わずこぼれた、という具合の声だった。

普段聞く明るい調子ではなく、生の少女の声色だ。

「食事って、いつ、だれと、どこで食べるかで全然違うからなあ」

「……確かにそうかも、今はせんせいと二人きりだからね♡」

良かった、どうやら調子が出てきたらしい。

「この魚のおかげでクユミは元気になったんだ、感謝しないとな」

「命への感謝をシーフ職がしていいのかなあ?」

「別に問題ないだろ。自分が生きていくために、命をいただくってわけだな」

「……命を、かあ」

クユミは食べかけの魚を見やった。

「もっと価値のないものだと思ってたな〜……」

何を指すのかは分かっていた。

きっと三人の中で……いや俺を含めても、命というものを最も軽く見ているのは、クユミな気がする。

それは単純に理解していないからではない。

一等の、とんでもない地獄を見てきたからこそ身に沁《し》み込んだ諦観なのだろう。

「今もまだ、価値なんてないと思うか？」

「ん……もしかしたら、だけど、そうじゃないのかもね」

そう言って顔を伏せた後。

パッとこちらを見て、クユミはにひっと笑った。

「ありがとね、せんせい♡　素敵な校外学習だったよ♡」

「こらこら勝手に終わらせるんじゃありません、最後の材料が残ってるんだからな」

「あははっそうだった♡　ねえねえせんせい、今度は何するの♡」

「日光に当たるとしぼんでしまうが夜の間は際限なく膨らみ、近づく生物を液状化させて取り込むデッドエンドローグアップルを最大まで巨大化した状態で収穫しに行くぞ」

「何それ？？？？？？？」

結局俺とクユミでデッドエンドローグアップルを討伐……じゃねえ収穫して、無事時間通り、学校へと帰り着くことができたのだった。

◇

ワイヤーコンドルの卵は黄身と白身に分けて、料理のあちこちに用いる。ソースベースに絡ませたり、黄身を延ばして生地に焼きつけたり。無論、だし巻きも一本作った。

ゴールデンラビットの体は丁寧に肉を切り分けた後、軽く下味をつけてこんがりと焼く。合わせるソースはフルーツベースだ。ここであの人食いリンゴが生きてくるってわけ。

渓流で釣った魚たちは、オカシラ付きでタタキにして大量の薬味と共に盛り込む。一匹当たりの大きさがほどほどなので食べやすくもあるだろう。

余ったいくつかは身を叩き、練り込んで魚肉ハンバーグにした。付け合わせの野菜は教頭先生印の菜園から頂戴している。それぞれ具材の厚さに合わせた時間をかけて火をじっくりと通し、本来持つ甘さをしっかりと引き出した。

デザートはリンゴペーストを用いたケーキと、フレッシュリンゴジュース。

本当に実は美味《うま》いんだよなあれな。

クユミですら二度と見たくないと言っている程度には外見がアレなのが欠点だが。

「よし……」

食堂のテーブルに料理たちを並べて、俺は額の汗をぬぐった。

久しぶりにコックスーツを引っ張り出してきてまで本気の料理をした。

これもあの三人に、食の楽しさを知ってもらう……というのは驕《おご》り過ぎか。

家の食事に関してネガティブなことを言っていた三人に、ほんの少しでもいいから、食べるのって楽しいじゃん、料理って美味しいじゃんと思ってほしかった。

一つだけでもプラスの思い出があるだけで、物事の感じ方はずっと変わると思うから。

ただ、正直言って前世でコックやってたわけでもない俺がいくら頑張ったところで、家庭料理の域を越えることは無理だ。というか家庭料理を舐《な》めるなという話でもある。

「……今回は手伝ってくれなかったんだな」

「どうせ手伝わせてくれなかったくせに♡」

振り向けば、食堂の壁に背を預けるクユミの姿があった。

彼女が口笛を吹くと、その後ろからぞろぞろと、まあ二人だけなんだけど、エリンとシャロンも入ってくる。

「その……さっきクユミちゃんから聞いたんだけどさ、センセ」

「うん」

「昨日から今日にかけて、ずっと料理の食材を取るためにあちこち行ってたの？　しかもクユミ付きで」

「うん」

数秒の沈黙。

言葉を探して、しかし口をぱくぱくと開閉させるばかりのエリン。

自分が行くと言わんばかりのシャロンが、友人の肩に手を置いて下がらせた。

「先生、あのさ」

「うん」

「めっちゃくちゃ馬鹿なの？」

「うん!?」

突然罵倒が飛んできた。

シャロンの言葉に、その通りだと激しく頷くエリン。後ろで腹を抱えて笑っているクユミ。

なんでだ!?　全力を尽くしただけなんだが!?

「それは少なくとも、先生の仕事ではないでしょ？」

「仕事じゃないって言われたら、そりゃそうだけど」

「なら先生は業務とは別のところで多大な労力を用いて、貴重な休日のほとんどの時間を捧げて、そして私たちのためにこの料理たちを用意したってことになるでしょ」

食堂のテーブルに並ぶ豪華な料理たちを見て、シャロンが嘆息する。

「本当に……深刻な馬鹿だと思うわ」

「深刻な馬鹿って何？　明らかに、通常の馬鹿よりワンランク上の扱いだよね？」

「勘違いしないで。ワンランク、下よ」

「いやそうではあるだろうけども！」

俺が食材を集めてきたことに関して、どうやら呆れかえっているらしい。

せめてあたしもとか、クユミあんた本当に覚えてなさいよ、とか、二人が恨み言を口にする。

どういう意味だろうとクユミに顔を向けると、彼女は苦笑いを浮かべ肩をすくめた。

結局何も教えてくれていないんだが？

「まあまあ、とりあえず食べてくれよ」

座るように促すと、三人そろって食卓に着いてくれた。

改めて目の前に広がる料理を見れば、だんだんと食欲がわいてくる。

俺の中の冷静な部分が『いやこれ学食としては気合入れ過ぎててキモ。激キモやぞお前』とか抜かし始めたので、勇者の剣で胸部をぐちゃぐちゃにかき混ぜて黙らせる。

「じゃあ、いただきます」

「「「いただきます」」」

日本製のゲームだから所作が自然に日本人なのはご愛敬《あいきょう》。

醤油《しょうゆ》っぽい何かもあるしな。醤油ではないんだけど。

「どれから食べてもいいからな」

言いつつ、俺は自分で魚のタタキに箸を伸ばした。

小皿にとってから一口運ぶと、うおっ美味っ。やっぱお手製のタレがいい仕事してるわ。

爽やかなレモン汁を混ぜるのがコツって前世のどっかで聞いててよかった。

「じゃああたしもそれもらおっと」

エリンも俺と同様にタタキへと箸を伸ばす。

シャロンと並んで、結局いい家の出身なので舌が肥えている疑惑のある彼女だったが——

「ん～～!!　お魚最っ高！　ぷりぷり過ぎて舌の上で暴れてる～～!!」

お手製のタレをかけたタタキを頬張った直後、エリンがテーブルをバシバシ叩く。

よし勝った！　テーブルの下で思わずガッツポーズが出た。

それはそれとして、お前の腕力だとテーブル割れるから台パンやめてくれ。

「これすっごい美味しい！　薬味もちゃんとしてるね!?」

「ああ、王都で仕入れた一級品だからな」

ちょっとどや顔で説明すると、エリンがぐっと親指を立ててくれた。

どうやら和風モチーフの家系らしく、鮮度のいい魚に対して強く反応しているようだ。

シャロンとクユミも数切れをぱくぱくと食べて美味しそうにしているが、エリンほど激しいリアクションは見せていない。

成程な。

キャラクターごとに与えると好感度の上り幅がアイテムによって違うみたいなもんか。

「んっ!?　こ、このお肉美味しいわね……!?」

そう思っていると、別の料理を食べたシャロンがカッと目を見開く。

興味を示したエリンとクユミも、そのこんがりと焼かれた肉をソースに絡ませて頬張り、動かなくなった。

「こ、こ、こんな美味しいお肉があるの……!?」

「これウサギさんかな……」

さすがラビット先生、全キャラの好みに合致しているらしい。

ラビット先生の肉を食べて、完全にスイッチが入ったらしい。

三人はそれぞれの小皿に食べたいものを載せまくっては、すさまじい勢いで食べ始める。

「…………」

どうやら、目的は達成できたらしい。

思わず安堵《あんど》の息がこぼれる。

この勢いじゃ俺の分は残っていないというのがちょっと、かなり、いやめちゃくちゃ残念ではあるものの。

生徒たち三人が、こんな笑顔であれやこれや言いながら食事を楽しんでいるのなら、この光景の価値に勝るものはない。

「あら、すっかり三人とも夢中ですね」

「あ、遅かったじゃないですか先生」

食堂に新たに入ってきたのは教頭先生だった。

もちろん彼女の分は既に取り分け済みである。

「ねえ、ハルート君、少しいいでしょうか」

教頭先生は俺の隣に座ると、そっと顔を寄せてくる。

いい香りがするのと呼気が肌に伝わってくるのとで背筋がピンと伸びた。

えっちょっ何何何!?　近いっ！

この人本当にこういう無防備なタイミングあるのやめてほしい！

「教頭先生、どうしたんですか？」

内心の動揺を悟られないように振る舞いつつ（でも三人ともゴミ見る目だったしバレてるっぽい）、俺は教頭先生に優しく尋ねる。

彼女は俺の瞳をじっと見てから、柔らかい唇を静かに開く。

「ハルート君……ダイオウヨロイウオは？」

「本当に文字通りに味を占めている……!?」

かつて味わった美味が忘れられないらしい。

あれ獲るの本当に大変なんだけどなあ。

まあ、教頭先生のためなら安い苦労か。

長めの休暇が取れたら、本気で釣り上げに行かなきゃなと、俺は決意を新たにするのだった。

「ダイオウヨロイウオ、ご期待ください」

俺はキメ顔で言い放った。

「センセ何言ってるの？」

「前向きな決意表明だよ、明日の俺に任せようかなって」

「それは多分後ろ向きなんじゃない？」

エリンは微妙そうな表情だった。

「まあまあいいじゃん♡　明日のせんせいもきっとよわよわだし♡」

「じゃあ良くねえだろ」

俺をナメきった発言をするクユミ。

さすがに苦言を呈しようとしたその時、彼女はタタキをつまんでこちらに差し出してきた。

「はい、せんせい♡」

「何？　死ねってこと？」

「どういう思考回路なのかホント分かんない♡　あーんだよ♡」

君から何かを差し出されたら警戒するようになってしまったんだよ。全部君の自己責任だよ。

「ちょっ、クユミそれはズルくない……？」

「何が～？　クユミちゃん分かんない♡」

「………」

咎《とが》めようとしたシャロンは、すっとぼけるクユミを見て何やら表情を変えた。

その目は明らかに、『そっちがそのつもりならやってやろうじゃない』と、何やら嫌な方に決意を固めるものだった。

「……先生」

「ん？」

「あーん」

シャロンはラビット先生のお肉を箸でつまんで、こちらに差し出してきた。

クユミと合わせて挟み撃ちの形になっている。

「なんで？」

俺の口に物を放り込んだら得点が入るゲームが始まってるのか？

美少女二人にあーんされるという夢の光景だというのに、あまりにも脈絡がないせいで恐怖の方が勝っている。一体全体何が起きているんだ。

「ふ、二人ともそういうの良くないと思うんだけど！」

取り残されたエリンがテーブルを叩いて（ついにテーブルがビキッと嫌な音を立てた）立ち上がる。

おお、こういう時こそなんだかんだで常識人であるエリンの出番というわけか。

「せ、センセはあたしがあーんするべきだよね！　これはソードエックス家の総意だから！」

こいつ義母から立ち振る舞いを学習してやがる！

エリンはテーブル上の皿に目を走らせると、だし巻き卵を一切れ箸でつまみ、こちらに突き出してきた。勢いは刀を用いた突き込みそのものだ。

「センセ、ほらっ！」

「ちょ、落ち着けって」

ついに三方向から箸が突き出された。全然嬉しくない。ヴェロキラプトルに囲まれてるみたいな気分だ。

「こ、これはほら、家のことを解決してくれたお礼！　あたしは正当性あるから！」

「私は……このお肉本当に美味しいけど、先生があまり食べてないから。慈悲の心よ」

「クユミちゃんはもう二度とこんな幸せなことないだろうせんせいへのごほーびだよ♡」

三人がそれぞれの言い分と共に、俺へと食材を押し付けてくる。

視界の片端では、教頭先生がやれやれと肩をすくめていた。

「ちょっ、待ってくれって……！」

大きくのけぞって俺は頬をひきつらせる。

まずい、完全に包囲されてしまった。後退あるのみではないか。

……いや、待て、落ち着け。

冷静に考えれば、こういう敵の包囲陣を逆に殲滅《せんめつ》するのは俺の得意技だ。

「よし……じゃあ全部食べるから、いったんこのお皿に置いてくれないか」

「せんせいがお皿使っていい身分なわけないでしょ♡」

「お皿を使ってはいけない身分って何!?」

さすがに悲鳴を上げた直後。

口が開いた！　と三人の目が光り、三種類の食材が同時に突っ込まれた。

タタキと肉と卵は――それぞれの個性が輝き、非常に素材の良さを感じると同時に、いやこれ一緒くたに食うもんじゃねえなと俺は痛感するのだった。

◇

一夜明けた平日。

エリンはある事情から、早朝に寮を出ていた。

今日は家からの申請もあって、授業を受けない公休日となっている。

学校を休んだエリンの行先は、実家であるソードエックス家の邸宅だった。

諸々《もろもろ》の構造を改革していく上で、教導部隊を超えた実力者として、エリンとザンバはアドバイザーの役割を与えられていたのだ。

「やあ、この間ぶりですね、エリン」

ソードエックス家邸宅に入れば、エントランスでその三男坊ザンバがエリンを待っていた。

自らの家であることなどお構いなしに、いつも通りに堅苦しい正装姿、そして太刀《たち》二本持ちである。

「あ、ザンバお兄様。お待たせしまし――」

「こらこら、敬語はいいと言ったでしょう」

「いやお兄様の方がしっかり敬語なんだけど……」

ハルートと大喧嘩《おおげんか》をして校舎を破壊した顛末《てんまつ》を聞き、エリンの中で随分と絡みやすさが向上した相手がザンバだ。

幼い頃から叩き込まれた感覚のせいで、ソードエックス家の人間相手にはつい敬語が出てしまうのだが、彼はそれをやめさせようとしている。

気を回してくれているのだろうと気づいたし、素直に嬉しかった。

「今日は教導部隊の人たちと合同訓練です……だよね？　どうしてお兄様があたしのところに？」

「ええ、別件で少しお客様がいらっしゃいまして」

ザンバがちらりと、客間へつながる廊下に視線をやった。

「なんでも、奇跡のような神秘を使うそうですよ」

「は、はあ……」

「たまたま君のことを知っていたらしく、どうも色々と縁があるものですから、興味を持っていました」

要領を得ない、曖昧な言葉だった。

「えっと、これから会うってことですか？　そのお客様と……？」

「向こうが会いたがっていますからね」

ザンバが言ったその時だった。

客間の扉を開け放って、一人の少女が、ゆっくりと廊下に出てきた。

エリンの世界がスローモーションになった。

なびく黒髪は夜を溶かして流しているようだった。

静かにこちらへ向けられる、偉大な焔《ほのお》を煮詰めたような眩《まばゆ》い深紅の瞳。

その少女に見惚《みと》れて、エリンは身動きが取れなくなったのだ。

「……っ？」

視線の先の少女を見て。

のちに王道を歩み世界を救う少女は、稲妻に打たれたような衝撃を受けた。

「……ッ！」

視線が重なった相手もまた。

今まさに世界を救うための道を進む少女は、相手が誰かを理解してその気配を凍らせた。

「こちら、かつてハルートさんと旅をされていたというマリーメイアさんです」

確かにこれは、どこにでもいるような、しかし特別でもある少女だ。

「こちら、私の妹のエリンです。今はハルートさんに教えを請うています」

そんな少女なのに。

かつて彼と、自らが目標としている偉大なるあの男と肩を並べていたという事実に、体が震えるほどの衝撃がある。


エリン・ソードエックスはその少女に対して、儚《はかな》いと思った。

マリーメイアはその少女に対して、元気で活発そうと思った。


新旧の主人公二人が、自覚なく邂逅《かいこう》した。

あとがき

このたびは本作をお買い上げいただきありがとうございます。

作者の佐遊樹です。さゆきと読みます。名字とかは特になく、さゆきでワンブロックです。

オーバーラップ様から本を出させていただくのは初めてなのですが、インターネットで交流のある人々の作品や、自分が人生の中で強い影響を受けた作品などを輩出しているレーベルですので、大変光栄であると同時に緊張しています。

今回はウェブで連載していた作品を改題・改稿しての発売となりましたので、もしかしたら様々な表現の差異などに気づかれた方がいらっしゃるかもしれませんが、基本的には書籍版が自分の中で正しい表現になっています。ご了承ください。

とはいえほぼ微差に近いものばかりなので、気軽にお楽しみいただけますと幸いです。

では詠唱始めます。本作は多くの人々のご尽力あって出版にこぎつけることができました。

イラストを担当してくださった柴乃《しばの》櫂人《かいと》先生、各キャラクターに命を吹き込んでくださってありがとうございます。それぞれの衣装など、ワガママを聞いてくださり頭が上がりません。

書籍化のお声がけをしてくださった担当編集様、手厚いフォロー等ありがとうございます。二人でタイトル案をああでもないこうでもないと話し合った時間は何よりの宝物です。

そして読者の皆様、応援ありがとうございます。皆様あっての執筆活動です。

今後も頑張ってまいりますので、どうぞよろしくお願いいたします。

OVERLAP NOVELS

かませ役から始まる転生勇者のセカンドライフ 1
～主人公の追放をやり遂げたら続編主人公を育てることになりました～

発行　2024年3月25日　初版第一刷発行

著者　佐遊樹

イラスト　柴乃櫂人

発行者　永田勝治

発行所　株式会社オーバーラップ
〒141-0031
東京都品川区西五反田8-1-5

校正・DTP　株式会社鷗来堂

印刷・製本　大日本印刷株式会社

ISBN　978-4-8240-0763-6 C0093

【オーバーラップ　カスタマーサポート】
電話　03-6219-0850
受付時間　10時～18時（土日祝日をのぞく）

作品のご感想、ファンレターをお待ちしています

あて先：〒141-0031　東京都品川区西五反田8-1-5 五反田光和ビル4階　ライトノベル編集部
「佐遊樹」先生係／「柴乃櫂人」先生係

スマホ、PCからWEBアンケートにご協力ください

アンケートにご協力いただいた方には、下記スペシャルコンテンツをプレゼントします。
★本書イラストの「無料壁紙」　★毎月10名様に抽選で「図書カード（1000円分）」

公式HPもしくは左記の二次元バーコードまたはURLよりアクセスしてください。
▶ **https://over-lap.co.jp/824007636**
※スマートフォンとPCからのアクセスにのみ対応しております。
※サイトへのアクセスや登録時に発生する通信費等はご負担ください。

オーバーラップノベルス公式HP ▶ **https://over-lap.co.jp/lnv/**